Georg Braun

Mobbel

Weg ins Leben

www.tredition.de

© 2016 Georg Braun

Verlag: tredition GmbH, Hamburg

ISBN
Paperback: 978-3-7345-4931-1
e-Book: 978-3-7345-4932-8

Printed in Germany

Mobbel

Weg ins Leben

Georg Braun

Frostiger Empfang

»Hi, Mobbel«, begrüßte Andy seinen neuen Klassenkameraden in der Klasse 6c der Zauberbergrealschule in Windberg. »Jogginghose, die im Schweiß trieft, Respekt, wie haste das hingekriegt?«

»Lass mich in Ruhe«, giftete Mobbel, der eigentlich Markus Walter hieß. Mit eingezogenen Schultern blickte er nach hinten, wo er einen Sitzplatz im Klassenzimmer vermutete. Zwei Plätze schienen frei zu sein. Als er den ersten Stuhl anlief, fauchte Kevin ihm entgegen:

»Hier steht meine Tasche, für dich ist hier kein Platz.«

Als er sich auf den Weg zur zweiten unbesetzten Tischhälfte machen wollte, rief Nathalie:

»Stinker, bleib mir vom Leib. So jemand wie du hat hier keinen Platz.«

Mit Tränen in den Augen und voller Wut packte Markus seinen Schulranzen, rannte zur Tür hinaus, worauf die Klasse 6c johlte.

»Dieses mobbelige Würstchen hat uns gerade noch gefehlt«, feixte Annika.

Die Partystimmung kühlte auf null ab, als unverhofft die Tür aufging und Rektor Anton Scholter in Begleitung von Markus eintrat.

»Kann mir jemand ausführlich erklären, was hier vorgefallen ist und euch zur Erheiterung gebracht hat?«

Betroffenes Schweigen oder feige Zurückhaltung beherrschten die Stimmungslage. Minutenlang hielten die Schülerinnen und Schüler still. Keiner wagte einen Laut zu produzieren, während Andy durch seine Mimik und Gestik der Klasse zu verstehen gab, nichts, aber auch nicht einen einzigen Sterbenston zu äußern. Ansonsten...

»Damit wir uns richtig verstehen: Markus Walter gehört ab sofort zu eurer Klassengemeinschaft.« Sagte es und verschwand.

Digitaler Feuertanz

@Annika: Der Mobbel heute hat 'ne richtige Show abgezogen. Dem müssen wir unsere Spielregeln erklären.

@Andy: Für den reicht das nicht. Der braucht eine echte Feuertaufe, sonst rennt der ständig zum Scholter.

@Nathalie: Passt auf, was ihr tut. Ich möchte nicht von euch wegen dem in die Scheiße gezogen werden.

»Morgen Mobbel, schön, dass du heute bei uns bist«, begrüßte Annika den Neuen auffällig heuchlerisch.

Markus bemerkte die alles andere als ehrlich gemeinte Äußerung als Zeichen, dass man es ihm in dieser Klasse möglichst schwer machen wollte. Woran das lag? Er konnte sich keinen Reim darauf machen. Heute erschien er nicht mit der speckigen Jogginghose.

Er hat die Mutter gebeten, ihm eine coole Jeans zu besorgen. »Bring noch ein geiles Shirt aus dem New Yorker mit.«

»Wo ist der Laden?«

»In der Fußgängerzone in Stuttgart.«

»Warum interessierst ausgerechnet du dich für Shirts? Bis heute würdest du in einem Kartoffelsack rumlaufen.«

»Bitte, Mama, tu mir den Gefallen. Ich erkläre dir das später.«

@Andy: Der Stinker trägt heute eine andere Hose. Die erste Lektion hat er verstanden.
@Nathalie Wir sollten seine Geduld ruhig austesten. Wenn er zu uns gehören will, muss er leiden.

»Ja, Mobbel, du hast aber schnell kapiert, dass wir eine edle Truppe sind. Die Schmuddelhose hast du wohl im Flüchtlingscamp abgegeben.«

»Du bist wohl ein ganz cooler Typ, Andy«, schmeichelte sich Mobbel scheinbar bei dem Anführer und Klassensprecher ein.

»Schlaues Bürschchen, Respekt.«

»Du hältst ziemlich viel von dir.«

»Mobbel, pass auf: Wenn du hier überleben willst, musst du immer wissen, auf welcher Seite du stehst.«

Andy meinte, Mobbel einnorden zu müssen. Der wirkte unbeeindruckt trotz der Drohung. Denn Andy wusste noch nicht, wer der eigentlich war, den er Mobbel nannte. Abfällig und grundlos. Der zweite Tag an der Schule und in der Klasse verlief deutlich angenehmer als der erste. Er gab der

Mehrheit der Klasse zu verstehen, dass er gewillt war, einer von ihnen zu werden. So zumindest verstanden Andy, Nathalie & Co. die neuen Signale des Novizen. Sie ließen sich interessiert auf kommende Erfahrungen mit Markus ein.

Urus - Martan, Tschetschenien, Sommer 2005

»Mhamzov, komm zurück! Wir müssen etwas besprechen.«

»Ich spiele aber so gerne mit meinen Freunden«, meinte der Dreijährige.

»Du kehrst sofort um! Sonst gehst du mir nie mehr raus! « Wegen der Drohung kullerten große, kugelrunde Tränen über das Gesicht des Jungen. Er verstand die Welt nicht. Einmal im Leben kann er mit anderen Kindern in den verseuchten Tümpeln des Vorbezirks vom Urus-Martan, einer Regionalstadt im mittleren Westen Tschetscheniens, spielen. Kospania, der Mutter von Mhamzovs, ist die permanente Lebensbedrohung fast egal. Sie vermag nicht mehr, sich gegen die alltäglichen Probleme zu stemmen. Fünf Minuten nach der unmissverständlichen Aufforderung kehrte Mhamzov missmutig nach Hause zurück.

»Ich spiele so gerne. Was gibt`s?«, jammerte der Junge.

»Papa verabschiedet sich von uns. Er muss für längere Zeit weg. Du wirst ihn erst mal nicht mehr sehen.«

»Papa, wohin gehst du?«, fragte der kleine Sohn.

»Mach dir keine Sorgen, Mhamzov, es wird alles wieder gut.« Der Knirps entdeckte die an die Wand des Hausflures gelehnte Waffe. Er wuchs mit solchen Lebensbegleitern auf. Mhamzov hatte mitbekommen, wie russische Guerilla-Krieger den Vater seines Papas erschossen hatten – vor etwa einem Jahr. Ob er genau hatte realisieren können, was es mit Gewehren auf sich hatte, hatten die Eltern nicht ergründet. Ihnen schien recht, wenn das Kind so wenig wie möglich vom Krieg mitbekam. Sie unternahmen nicht die kleinsten Versuche, das zukünftige Treiben von Homza, seinen Einsatz für die Unabhängigkeit Tschetscheniens von der Russischen Republik, zu erklären. Mhamzov hätte es sowieso nicht verstanden.

Sohn und Vater drückten sich minutenlang. Die kleinen Ärmchen des Buben umschlungen die Taille des zukünftigen Freiheitskämpfers. Die Tränen benetzten den Holzboden der baufälligen Baracke der Familie Kabulatov. Die Seele des kleinen Mannes ahnte, dass der Vater lange Zeit abwesend sein würde.

»Mach es gut, Papa. Vergiss mich nicht.«

Die Tränen Homzas schossen in Fluten aus den Augen. Die Worte des Kleinen kamen für ihn völlig überraschend. Der Junge drückte ihm einen Stein in die Hand.

»Der soll dich an mich erinnern.« Sagte es und rannte zu seinem kleinen Bett, auf das er sich schmiss und mit der Rührung kämpfte.

Kospania entschied, ihr Sohnemann sollte nach draußen gehen, den Abschiedsschmerz vergessen. Für einen Drei-jährigen bedeutet der Vater alles. An ihm orientiert sich ein männlicher Heranwachsender, was der Papa sagt, ist Gesetz.

Der Junge raffte sich nur schwer auf. Zu stark pochten die Schmerzen in seinem Herzen, als dass er einfach zur Tagesordnung hätte zurückkehren können, aus der ihn die Mama herausgerissen hatte.

Homza und Kospania küssten einander inniglich, drückten sich und verbargen die Tränen. Für das Paar bedeutete das die erste Trennung in der bisher fünf Jahre andauernden Ehe. Mit Mitte Zwanzig, glücklich, trennte man sich nur schwer vom verehrten Partner. Sowohl Kospania als Homza hätten sich keinen besseren aussuchen können. Sie wirkten rundum happy und zufrieden und vermittelten auch ihrem Buben das Gefühl, geliebt zu sein. An Kindergarten oder andere Betreuungs-möglichkeiten, wie die westliche Welt sie kannte, war nicht zu denken. Zum einen existierten diese Optionen nicht, zum anderen brachten die Kabulatovs nicht genug Geld auf. Die Umgebung betreute die Kinder. Im Krieg benötigte man die Mütter, um Nachschub zu produzieren. Kospania schuftete als Waffenproduktionshelferin in einer Fabrik vor ihrem Wohnort. Sie wechselte sich mit einer Nachbarin in der Betreuung der Kinder ab. Hygienische Defizite, auch für Kleinkinder lebensbedrohliche, nahm sie in Kauf. Wo das tägliche Überleben erkämpft werden musste, bekamen Zimperlichkeiten Hausverbot.

Mhamzov beobachtete, wohin der vermisste Papa lief, nachdem er schmerzvoll Abschied von Frau und Sohn genommen hatte. Durchs Fenster, in der als Wohnstube deklarierten Kammer sah er, wie Homza auf einen Militärwagen stieg, zusammen mit einigen anderen Männern. Väter, die für die Freiheit ihrer Familien und der Unabhängigkeit ihres Vaterlandes in den Krieg zogen.

Die Russische Föderation war zerbrochen, als der Kalte Krieg Ende der achtziger Jahre des zwanzigsten Jahrhunderts ein Ende gefunden hatte. Die damalige Sowjetunion hatte seit dem Jahre 1917 existiert. Nach außen hatten die sechsundzwanzig einzelnen Mitgliedsländer der Föderation eine harmonische Einheit demonstriert. Nach innen hatte es gewaltig geknistert, denn die Menschen hatten häufig Not gelitten und die Parteiführer sich einen Dreck darum geschert.

Auch die Tschetschenen hatten nach Unabhängigkeit vom russischen Joch. Sie hatten ihre Eigenständigkeit, was den Machthabern in Moskau wie eine Aufforderung ins Land einzumarschieren, vorgekommen war. Sie provozierten einen unglaublich brutalen Krieg. Wie ein Vater, der nicht einsah, dass die Kinder erwachsen geworden waren, reagierte der russische Präsident auf das berechtigte Anliegen nach Souveränität. Die Tschetschenen ergriffen die Waffen. Es ging ihnen um ihr ein und alles. Niemand durfte den stolzen Männern auf der asiatischen Seite der ehemaligen Sowjetunion die Rechte streitig machen. Wenn es ihnen in diesem Moment nicht gelingen würde, die russischen Krallen zu stutzen, dann nie mehr. Demokratie, Menschenrechte – alles gefällige Begriffe, solange man sie genoss. Die Westeuropäer kapierten ihre komfortable Lage nicht und akzeptierten das harte Vorgehen der Einwohner des kleinen Staates kaum. Wer sein Leben lang Mitbestimmung und Menschenrechte in Anspruch nehmen durfte, verstand nicht, dass dafür Jahrhunderte zuvor Menschen ihre Existenz geopfert hatten. Homza Kabulatov sehnte sich nach Freiheit und kämpfte für die Menschenrechte, damit

Mhamzov eines Tages unbeschwert atmen und durchs Land reisen dürfte.

Der Jeep transportierte etwa dreißig Kämpfer in die Hauptstadt nach Grosny. Dort brauchte man ihre Kraft und ihre Schusswaffen. Die Russen nahmen den Regierungssitz in der Stadt ein; den galt es, mit aller Macht zurückzuholen. Homza schien nicht in allen Einzelheiten klar, wie unterlegen er mit seinen Truppen war. Mit Enthusiasmus und abgrundtiefem Hass ließen sich die russischen Truppen nur begrenzt besiegen. Die vom Volk gewählten Machthaber vermieden das diplomatische Parkett. Heißsporne wie Homza opferten eher das eigene Leben, als dass sie weiterhin unter russischen Befehlshabern und Unterdrückern ihr Dasein fristen würden. Andere ehemalige Mitgliedsstaaten der Russischen Föderation konnten ebenfalls souverän werden, warum Tschetschenien nicht? Wie Kleinkinder eifersüchtig um Bonbons stritten, so argumentierten die tschetschenischen Freiheitskämpfer. Was hatten sie für Vorteile, wenn sie den Hinterbliebenen nur noch als Grabsteine und Erinnerungsfragmenten übrig blieben?

Diese tiefschürfenden Gedanken provozierten die Gewaltspirale eher, als dass sie sie befriedet hätten. Niemand kehrte feige in die Heimat retour und ließ die Mitstreiter als russisches Kanonenfutter zurück. Sie dachten weder an die eigenen Familien noch an die zerstörte Infrastruktur nach einem jahrelangen Krieg. Die Zukunft durfte, solange die Gegenwart ungeklärt schien, in den Augen der Soldaten keine Rolle spielen. Ob es ein lebenswertes Leben jemals geben würde, entschied sich in diesen Momenten. Entweder man drängte den Feind aus dem Land oder man blieb Sklave im eigenen Haus.

Hinterland Tschetscheniens, Herbst 2005

Homza und seine Truppe erlitten herbe Verluste. Darin eingeschlossen die etwa zwanzig Toten, die übrig geblieben waren. Sie blieben verwundet mitten im Gelände liegen und verreckten wie angeschossenes Wild. Oder die russischen Soldaten, die technisch ausgereiftere Waffen besaßen, töteten sie. Kabulatov kämpfte nur noch mit neun anderen Mitstreitern um die Freiheit eines kleinen, sehr überschaubaren Landstreifens. Nachdem er drei Monate seine Familie, vor allem Mhamzov, nicht mehr in den Armen gehalten hatte, ergriff ihn eine tiefe Sehnsucht. Zweifel nagten an seinem Gewissen, ob er die richtige Entscheidung getroffen und mitgekämpft hatte.

Die tschetschenischen Truppen agierten weitgehend führungslos. Die Wut auf die russischen Besatzer trieb ihren Hass auf die oberste Stufe der Skala.

So seltsam es sich anhörte, der Krieg verschaffte Kospania Arbeit. Ohne die gewaltsame Auseinandersetzung würde die ungelernte Mutter Trübsal blasend die Baracke bewachen und ausschließlich Mhamzov beglucken, was für den Buben entwicklungshemmend wirken könnte. Homza zweifelte an der Sinnhaftigkeit der Situation, Kospania stiftete sie einen Halt. Der Hass auf die Russen vereinte die jungen Eltern, die ihre Kindheit und Jugend genug unter den Entbehrungen gelitten hatten. Zum ersten Mal erhielten sie eine Chance, so etwas wie »Freiheit« zu erleben. Während Kinder in Westeuropa Unfreiheit kaum buchstabieren vermochten, lechzten Kospania und Mhamzov nach einem Gefühl der Selbstbestimmung. Jede Entscheidung, angefangen bei dem Schulbesuch, musste ausgiebig und gründlich bedacht werden. In den etwa dreißig Kilometer entfernt liegenden Geschäften herrschte Angebotsarmut. Gesunde Lebensmittel fand man dort ebenso wenig wie Süßigkeiten oder Joghurt in reichhaltiger Zahl. Auf den Dörfern betrieben die Leute Landwirtschaft – so gut die Böden diese ermöglichten. Nur stark resistente Obstsorten überlebten die unwirtlichen Vegetationsbedingungen des kleinen Landes. Der Zentralismus in der Zeit der alten Sowjetunion diktierte eine Abgabequote der Ernte. Sozialistisch handeln, hieß, die Erträge zu teilen – auf den Notsituationen blieben die Einzelstaaten alleine sitzen.

»Warum die anderen Schmarotzer mitschleppen, die selbst arbeiten und einfahren können, statt uns arme Leute auszubluten?« Männer wie Homza dachten so oder ähnlich.

Sie hatten von Moskau und den Tyrannen an der Macht die Schnauze gestrichen voll, aber wie schlau war es, sich von ihnen abknallen zu lassen? Er haderte mit dem Schicksal.

»Wir hatten eigentlich fast immer genug zu essen, trotz der Deppen in Moskau.«

Die Erinnerungen an die gefallenen Kollegen, ihre aufgerissenen Augen, die zweifelnd nach oben starrten, umschlang die zarte Seele des Familienvaters. Für wen oder was opferten sie sich? Dafür, dass sie statt einem gesunden Brot zwei ungesunde kaufen könnten?

»Marktwirtschaft frisst auch die Menschen, nicht nur der Sozialismus.«

Wie teuer durfte die politische Freiheit werden? Diese Frage hatte hinter dem Bruderkrieg gestanden. Homza fand in den Kampfpausen keine für ihn total überzeugende Antwort. »Alles hat zwei oder mehr Seiten. Man kann nicht einfach behaupten, ein Krieg gegen Moskau sei die richtige Entscheidung.«

Homza kauerte in einem tiefen Graben. Man erkannte von der Ferne nicht, dass Menschen darin lauerten, bis der Kampf fortgesetzt wurde. Ein Mitsoldat kramte aus dem Rucksack einen Bunsenbrenner hervor. Damit bereiteten sie etwas zu essen. Etwa Feldhasen, die unfreiwillig vor der

Flinte herumliefen. Oder einen Hirsebrei. Aufwändige Mahlzeiten mussten bis zur Zeit nach dem Krieg zurückgestellt werden. Im Graben flatterte ein dreckiges Stück Papier. Er nahm es, glättete es ein wenig und kramte einen Stift aus seinen Habseligkeiten hervor. Die Sehnsucht nach Kospania und dem Jungen diktierte ihm folgende Wörter:

»Meine innigst geliebte Kospania, Mhamzov, du, mein Goldschatz. Ich vermisse euch so sehr. Die Kämpfe verliefen unglaublich enttäuschend. Ich zweifle heute, ob es sinnvoll war, das Leben für ein wenig bessere Nahrungsmittel auf dem Kampfplatz hinzugeben. Mich beherrscht eine Panik, euch nie mehr zu sehen. Die russische Überlegenheit treibt uns in die Enge. Liebe Grüße, Homza.«

Die Zeilen drückte er einem Bauern in die Hand, den er von den Eltern kannte. Dem war sofort bewusst, was er damit zu tun hatte.

Die russischen Truppen rückten energisch näher. Die übrig gebliebenen Partisanen, zu denen Homza zählte, trafen in der folgenden Nacht eine Entscheidung, wie sie im Falle der unausweichlichen Bedrohung vorgehen wollten. Sie wollten in den nächsten Stunden eine Route wählen, auf der sie den Gegnern offenbar den Weg frei machen würden.

In Wahrheit würden sie versuchen, von hinten diese einzuschnüren, um sie entweder gefangenzunehmen oder zum Rückzug zu zwingen. Dass die Strategie die Option zu scheitern beinhaltete, bedachten die Draufgänger im Überschwang nicht. Sie vergaßen die Freischärler, die flugs die Fahnen wechselten und plötzlich auf russischer Seite angriffen. Die jugendliche, fast schon verbotene Naivität, lockte die Überzeugungstäter in eine gefährliche Enge.

Scheitern mit Überzeugung

Die vollends eingebrochene Dunkelheit gab in ihrer stoischen Ruhe den tschetschenischen Soldaten die Aufforderung, die nahegelegenen Wälder anzulaufen, möglichst geräuschlos. Man entzündete Kerzen, um wenigstens die Augen des nächsten Kollegen erahnen zu können. Außerdem orientierte es sich mit Kerzenschein deutlich einfacher in den auch bei Tageslicht dunklen Nadelwäldern. Bei Helligkeit verabredete man die Route, die sich in der schwarzen Nacht zu einem unerreichbaren Wagnis aufschwang. Homza wie die anderen Kämpfer kamen in ihrem Leben nie mehr als fünf Kilometer aus den Dorfgrenzen hinaus. In die fremden Wälder vor Grozny wollten sie eindringen, gleichzeitig kämpfte jeder für sich alleine mit der alle beherrschenden Angst zu sterben. Was selbst bei Tag zu einem Ritt auf der Rasierklinge verkam, entwickelte sich zu einem nahezu kopflosen Selbstmorda-benteuer. Homza überlegte schon seit einigen Metern, ob er nicht doch lieber ... ein Kameradenschwein wollte er nicht werden, und ein dummer, unbedachter Ehemann und Vater? Die berühmte Wahl zwischen Pest und Cholera. Egal, für was er sich entscheiden würde, er träfe die falsche

Wahl. Die Familie lebte für ihn gefühlt eine Ewigkeit entfernt. Die Kameraden setzten auf ihn und sie benötigten seine Unterstützung dringender als die Familie einen hadernden Ehemann oder Papa. Wenn er wegliefe, schaute er mit größerer Wahrscheinlichkeit in die Todesröhre, als wenn er weitermachte. Das stand fest. Felsenfest! Von einem toten Mann hatte niemand etwas, am wenigsten Kospania und Mhamzov. Von zwei dummen Möglichkeiten schnappte er die mit mehr Sinnhaftigkeit. Die Gemeinschaft, auch eine täglich schrumpfende, bot stärkeren Rückhalt als ein Einzelkämpferdasein. Die Ratio besiegte das Herz. Trotzdem kullerten Tränen die rauen Wangen hinunter, so dass Andrey, der engste Vertraute Homzas, ihn fragte:

»Junge, was ist los? Hast du Angst?«

»Du etwa nicht?«

»Homza, wir haben nur zusammen eine Chance. Wer abhaut, schädigt die Gemeinschaft und begibt sich in eine todsichere Situation. Todsicher!«

»Das ist mir bewusst geworden. Ich habe Frau und Kind. Egal, was ich tue, ich treffe die falsche Wahl.«

»So würde ich es nicht sagen. Wir waren uns im Klaren, wir wollten Freiheit und Unabhängigkeit. Die erhalten wir von den Russen nur gegen die Aufbietung unseres Lebens.

Wenn du die Freiheit für deinen Jungen wünschst, darfst du jetzt nicht kneifen.«

Überzeugender vermochte niemand die minimale Chance auf den Punkt zu formulieren. Andrey motivierte die Rumpftruppe, um jeden Preis weiterzukämpfen. Sollte das Leben je einen Sinn erhalten, dann den hellsten in der aktuellen Lage. Einen klareren, überzeugenderen Liebesdienst für die Bevölkerung präsentierte das Dasein nicht. Wer für sich und die Familie angenehmere Zeiten ersehnte, musste dafür mit dem Leben einstehen. Diese Erkenntnis dämmerte allen, sogar in ihrer unbarmherzigen Kompromisslosigkeit.

Klassenausflug

Die Zauberberg-Realschule verfolgte interessante pädagogische Ideen. Damit Schulklassen besser miteinander klarkamen, verlegten die sechsten Klassen für eine Woche im Schuljahr die Aktivitäten in weiter entfernt gelegene Regionen. Damit Eltern, die unter der Trennung von ihren Kindern litten, sie dort beließen, wo sie mit der Klasse lernten. Rektor Scholter munterte alle auf, diese außergewöhnlichen Chancen des sozialen Lernens zu nutzen.

Kornelia Walter, die Mutter des von allen nur »Mobbel« gerufenen Markus, zögerte, ob sie den Sprössling zu der Klassenfahrt schicken sollte. Von den leidvollen Erfahrungen ihres Sohnes ahnte sie wenig. Die dreihundert Euro plagten die Seele der Leiharbeitnehmerin, die monatlich gerade mal 900, – Euro plus Kindergeld erwirtschaftete. Sie fasste immerhin den Mut, bei Rektor Scholter vorzusprechen.

»Frau Walter, was kann ich für Sie tun?«, fragte er interessiert.

»Wie Sie möglicherweise wissen, fährt die Klasse meines Sohnes nach Sylt.«

»Das weiß ich und finde es sehr unterstützenswert.«

»Ich habe nur ein – wie soll ich mich ausdrücken – ein ...
naja, ich bin einfache Fabrikarbeiterin und verdiene nicht
viel. Alleinerziehend, wie es so schön heißt.«

»Und der Vater von Markus?«

»Fällt flach.«

»Sie bringen das Geld nicht auf?«

»Das ist es. Ich schäme mich dafür.«

»Das brauchen Sie nicht. Ich schlage Ihnen vor, Sie
machen einen Termin bei der Schulsozialarbeiterin, Frau
Schmidt-Kopf. Ich bin gewiss, sie hilft weiter und findet mit
Ihnen eine Lösung, sodass Markus mitfahren kann.«

Caroline Schmidt-Kopf empfing Kornelia Walter mit einem
gewissen Magengrimmen. Die unangenehmen
Empfindungen gründeten in dem schlechten Gewissen, weil
sie es unterlassen hatte, die Mutter über die Klassensituation ihres Sohnes aufzuklären.

Sie grübelte, ob die Situation von Markus sich gebessert
hätte, wenn die überforderte Mutter von den Mobbing-
Attacken, denen er ausgeliefert war, erfahren hätte. Zudem
vertrat Schmidt-Kopf die Auffassung, pädagogische
Gespräche fielen in den Kompetenzbereich der Lehrkräfte.

Erst wenn diese die Intervention von ihr wünschten, sah sie sich berechtigt, Kontakt zu der Mutter aufzunehmen.

»Herr Scholter hat mich über Ihre wirtschaftlichen Engpässe unterrichtet.«

»Ja, die machen mir Sorgen. Ich habe die Anmeldung für Markus noch nicht unterschrieben.«

»Sie wissen von unserem Hilfsfonds?«

»Nein. Was leistet dieser Fonds?«

»Der bezahlt für Markus den Kostenbeitrag. Allerdings auf Darlehen. Innerhalb der Schulzeit von Markus sollten die dreihundert Euro zurückbezahlt werden.«

»Das bedeutet, ich habe über vier Jahre Zeit, um die geliehenen Gelder abzuzahlen, das kommt mir entgegen.«

Die Sozialarbeiterin überlegte die ganze Zeit, ob sie die Mutter auf die Situation in der Schule ansprechen sollte. Denn Markus befand sich in einem Alter, in dem er selbstständiger wurde. Übergriffe wie dümmliche Bemerkungen einer Sozialarbeiterin könnten wie eine Zeitbombe wirken. Der Schuss könnte nach hinten losgehen. Andererseits packte Schmidt-Kopf die experimentelle Neugier. Wie reagierte die unsichere Mutter, erfuhr sie eine überraschende Neuigkeit?

»Sagen Sie mal, wie fühlt sich eigentlich Markus in der neuen Klasse?«

»Ich denke, gut, wieso?«

»Ach, wollte nur mal fragen. Ich meine, Sie sollten einen engen Kontakt halten zu den Lehrern der Klasse, falls Schwierigkeiten auftreten.«

Kornelia Walter verstand im ersten Moment die Andeutung der Schulsozialarbeiterin nicht. Froh gestimmt verabschiedete sie sich und trat den Heimweg an. Der Bus kam schon um die Ecke gebogen, sie nahm ihre Füße in die Hand und eilte zur Haltestelle.

Die Monatskarte hielt sie dem Busfahrer unter die Nase und nahm auf einem der hinteren Sitze des Fahrzeugs Platz. Die anderen Fahrgäste engten ihren Freiraum unangenehm ein. Während die Dame neben ihr mit den vielen Plastiktüten herumfuhrwerkte eine weitere mit dem Smartphone beschäftigt war, griffen die Gedankensplitter aus dem Gespräch die Oberhand über ihre innere Aufmerksamkeit. »Was sollte die Frage, wie es Markus in der Schule geht? Weiß sie was und sagt es nicht?« Drei Stationen später stieg sie aus und lief den restlichen Weg lieber zu Fuß. Das Geld schien der Dame überhaupt recht unwichtig, dachte Kornelia. Aber diese Andeutung? »Soll ich den Jungen direkt auf die Lage in der Schule ansprechen?« Sie grübelte, wog ab, was für und was gegen diese Option sprach. Sie hatte Hemmungen, hinter dem Rücken von Markus Kontakt mit dessen Lehrern aufzunehmen. Sie würde einen Weg finden müssen, ihre Neugier zu befriedigen und dem Buben die Chance anzubieten, das Gespräch mit ihr zu suchen. Das würde sie eher nach der Rückkehr aus dem Schullandheim in Angriff nehmen. Sonst könnte Markus meinen, sie vermassele ihm den Ausflug mit der Klasse. Das wollte sie keineswegs.

»Junge, du kannst mit auf Klassenfahrt, das Geld ist gesichert.«

Kornelia wunderte die scheinbare Interesselosigkeit ihres Sohnes, der gerade das pflichtschuldige »Danke« über die Lippen presste. Heitere Vorfreude sah deutlich fröhlicher aus. Doch vorerst ließ sie Markus mit seinen Sorgen alleine. Unlustig suchte er die sieben Sachen zusammen, die er in eine abgegriffene Reisetasche stopfte. Die Armut verbot es ihm, eine angemessenere Ausstattung zu fordern. Ihn packten Gewissensbisse, weil er seine schuftende Mutter mit den Sorgen alleine ließ. Sie dann noch mit den Attacken in seiner Klasse zu nerven, das wäre des Guten zuviel.

Am anderen Morgen vor sechs Uhr bestiegen die Klassenkameraden und Markus den Bus. Die Mama wartete nicht, bis der Bus losfuhr; die Arbeit rief. Gott sei Dank hatte der Reisebus viele Plätze, Markus durfte vorne neben der Klassenlehrerin, Katharina Dommel, Platz nehmen.

@alle: Wenn Mobbel in den Bus steigt und einen Platz sucht, sorgt dafür, dass er alleine sitzt, kapiert?

Andy schrieb an die Whatsapp - Klassengruppe und instruierte alle: auf keinen Fall höflich und kameradschaftlich dem Neuen gegenüber.

Der Fahrer stellte sich als »Ralf« vor, die Klasse johlte, als er die anderen durchs Mikrofon aufforderte, den »alleine Sitzenden« an den Spielen zu beteiligen. Dass er seiner Absicht einen Bärendienst erwies, ahnte Ralf indes nicht. »Ich meine es nur gut«, rechtfertigte er sich, als Markus ihn böse anblickte.

Frau Dommel grinste etwas verlegen. Sie erweckte den Eindruck, als käme es ihr auf einen reibungslosen Ablauf der Fahrt an.

Nach zwei Stunden legte der Buslenker den ersten Stopp ein. Kurz hinter Frankfurt, die Sonne schämte sich noch, den

Tag mit ihren Strahlen aufzuheitern. Müde drückten sich die meisten Kinder aus den Sitzen hoch, streckten sich und schlurften aus dem Fahrzeug. Die Müdigkeit nutzte Andy aus, er holte mit einer Hand Abfall aus dem Mülleimer und legte diesen Markus auf den Sitz. Als der an seinen Platz zurückkehrte, erschrak er. Es blieb keine Zeit, den Dreck wegzuräumen, Ralf startete den Motor und rollte den Bus auf die Autobahn.

@Andy: Das hast du mal wieder toll gemacht. Der Stinker hat das richtige Zeug neben sich.
@Nathalie: Die Dommel sagt kein Sterbenswörtchen. Mag Mobbel wohl auch nicht.

Markus ärgerte der Streich, aber was sollte er machen? Selbst die Klassenlehrerin vermied eine Intervention. Sie wünschte sich einfach eine angenehme Fahrt. Jeder komplikationsfreier Kilometer stärkte ihr Immunsystem, sie scheute jegliche Konfrontation mit den Anführern der Klasse. Zumal die Mutter Andys noch als Elternvertreterin an der Schule ein gehöriges Wörtchen mitzusprechen und bei Scholter einen Stein im Brett hatte. Markus drehte den Kopf zum Fenster, so dass er den üblen Geruch des Abfalls nicht einatmete und diesen wie die hochgelobten Klassenkameraden nicht sehen musste. Er sehnte das nahe Ende der Fahrt herbei. Kornelia, seiner Mama, hatte er versprochen, sich angenehm zu präsentieren. »Mach der Lehrerin oder den anderen keine Schwierigkeiten, hörst du, mein Junge?« Was sollte er jetzt der Mutter mitteilen, wie dreckig es ihm schon zwei Stunden nach der Abfahrt ergangen war? Und die Dommel? Einer unerfahrenen Lehrerin im zweiten Jahr zu erklären, wie man von den Mitschülern fertig gemacht wurde? Sie war ja selbst kaum älter als der überalterte Andy. Wenn Andy sich räusperte, bekam Katharina Dommel Durchfall. Sie wohnte mit 26 immer noch bei den Eltern im oberen Stock und hatte – zumindest erfuhr man bis dahin nichts anderes – keinen Freund. Was wusste sie vom Leben der Problemkids? Durchhalten hieß die Parole, bis ihm vielleicht der Kragen mal platzte. Aber dann würde er den Ärger an der Backe kleben haben; Gauner wie Andy zögen ihre Köpfe fein aus der Schlinge. Und so ein Spaßvogel wie der Busfahrer mit limitiertem pädagogischen Geschick sollten sich eher auf ihr Kerngeschäft konzentrieren, als die Schnur um den Hals von Markus durch unbedachte Äußerungen noch enger ziehen.

Die anderen kramten langsam die geschmierten Brötchen aus den Rucksäcken oder Taschen. Sie zischten die Flaschen auf, tranken einen Schluck, legten ihre Beine quer über den Sitz und freuten sich der Aufmerksamkeit der Nebenleute. Immerhin verschonten sie Markus für wenige Augenblicke mit minderschlauen Kommentaren. »Haste nichts zu essen dabei, armes Jungchen«, brüllte Verena von hinten durch den Bus, worauf Kevin meinte: »Mobbel futtert bevorzugt Hundefutter.«

Keine Ermahnung, Ralf schüttelte betroffen den Kopf. Markus tat ihm sichtlich leid. Er nahm sich vor, beim nächsten Halt im Bus zu bleiben, obwohl die Blase kaum aushaltbar drückte.

»Andy, bring dem Mobbel beim nächsten Stopp Hundefutter mit. Sonst verhungert uns der arme Bub noch.«

»Ich möchte nichts mehr hören«, tönte es zart aus der Richtung der Dommel, worauf sie ein unterdrücktes Gelächter erntete.

»Kevin, ich möchte, dass du mir das Futter bringst«, antwortete Markus, »ich giere danach, dir eine kleine Freude zu bereiten.«

Mit dieser Antwort konnte die Klasse im ersten Augenblick wenig anfangen. Die Ankündigung des Opfers wussten die meisten kaum einzuordnen. Vielleicht rastete Markus aus und drückte dem anderen die Dose samt Inhalt ins Gesicht. Gestisch signalisierten die Wortführer, Markus für den Augenblick in Ruhe zu lassen. Bloß keinen Märtyrer provozieren.

Der zweite Halt verlief für die gesamte Truppe problemfrei. Frau Dommel bot Markus an, auf seinen Platz aufzupassen, damit er an die frische Luft gehen konnte. Er wagte es und blieb für den Augenblick von weiteren Attacken verschont.

Ab Hannover fand ein Kampf ein Ende: Johannes Meyerling, der beliebte Referendar für Sport und Geschichte und männliche Begleitperson, litt stundenlang unter den Mobbingattacken auf Markus. »Soll ich einschreiten oder glätten sich die Wogen? Im Seminar hatte er gelernt, dass »eine Schulklasse ein sensibles, soziales Gefüge ist. Ohne Not greifen Sie da bitte nicht ein.« Eben: Ohne Not. Meyerling spürte seelische Qualen bei Markus. Und den Hauptangreifer machte er in Andy aus. »René, setz dich an einen anderen Platz. Ab sofort sitze ich neben Andy.« So autoritär war der Anwärter bislang nie aufgetreten. Immer hatte er einen witzigen Spruch auf den Lippen gehabt. Selten hatte er sich in den Vordergrund gedrängt. Aber jetzt! Andys Kulleraugen glotzten Meyerling an, als hätten sie vorher nur Menschen bis 14 Jahren erblickt und der Referendar erschiene ihm als unnachahmliches Naturphänomen.

»Ist was?«, erkundigte sich der Junglehrer rhetorisch. Als ob er den Ahnungslosen mime.

»Muss das sein? Ich meine, dass Sie neben mir sitzen? Sie können doch neben Frau Dommel Platz nehmen.« Die unsichere, aber unverschämte Ansprache des Pennälers trieb Meyerling zu pädagogischen Höchstleistungen. »Du weißt ganz genau, warum ich neben dir sitze. Und eine Pille schluckst du ganz schnell runter: Wo ich sitze und neben wem, entscheide alleine ich.«

Der Mund Andys wollte starr offenbleiben. Der Softie, der im Sportunterricht eine »coole Socke« gab, in Geschichte die Spicktricks der Schüler nicht raffte, packte den Autoritären raus.

»Was ist los mit Ihnen, Herr Meyerling? So kennen wir Sie noch nicht.«

»Dann wird's Zeit.« Sagte es und die Schüler fielen in eine fast schon unangenehme, erschreckende Ruhe.

@Andy: Lass den M. in Ruhe. Wenn er mal so hart auftritt, ist er sauer. Der kann auch anders als soft.

Nathalie drückte in der Whatsapp aus, was die Mehrheit der Klasse empfand. Meyerling sollte Andy mit Respekt behandeln und in Ruhe lassen. Er drehte seinen Kopf zu Nathalie um und grinste künstlich. Aber wie würde die Klasse weiter mit Mobbel umgehen? Offene Konfrontation schied bis zum Ende der Fahrt aus. Alles andere schöbe die Schuld in die Schuhe der Klasse. Wenn die Lehrer demonstrativ Partei für den Außenseiter der Klasse ergriffen, signalisierte das den anderen, ihre Attacken einzustellen.

Nach sechzehn harten und erschöpfenden Reisestunden erreichte der Bus endlich und pannenfrei Westerland auf Sylt. Nördlicher kann man in Deutschland kaum sein. Die Schüler stiegen um Mitternacht johlend und mit Adrenalin vollgepumpt aus dem klimatisierten Reisebus und schlotterten. Im April erreichte die Temperaturskala hier nie mehr als zehn Grad. Bei Abfahrt in Wildberg waren es fast fünfzehn gewesen.

Ralf schwang sich aus dem gefederten Fahrersessel und öffnete die Klappen der Kofferräume. Ein Gepäckstück nach dem anderen zog er aus den tief liegenden Stauräumen des

Fahrzeuges und stellte sie auf die Straße. Jeder packte seine Siebensachen und schleppte sie in die Herberge.

Für Markus stellte sich das nächste Problem:

»Wo komme ich hin?«, fragte er Dommel. Diese schaute auf die Liste. Markus stand nicht drauf. Als die Zimmer aufgeteilt worden waren, war Markus noch nicht Mitglied der Klasse gewesen. Da bis kurz vor Abfahrt unklar blieb, ob er überhaupt mitkäme, hatte die Lehrerin auch kein Zimmer organisiert. Um Viertel nach Mitternacht musste sie das Problem lösen, ob sie müde war oder nicht, spielte keine Rolle. Fürs Erste drängte Andy einen Vorschlag auf, der ihr in der Erschöpfung nach der Reise sogar recht war:

»Mobbel kann bei uns schlafen. René und ich sind nur zu zweit, da steht mindestens ein Bett frei.«

»Markus, kannst du dir das für eine Nacht vorstellen?«, flehte Dommel den Außenseiter an.

»Wenn es sein muss«, grummelte Markus vor sich hin. Dommel ahnte nicht, was sie Mobbel mit dieser Entscheidung zumutete.

Das Ende eines Traumes

Die Männer um Homza Kabulatov drangen bei Dunkelheit und Temperaturen unter dem Gefrierpunkt in den Nadelwald in der Nähe Groznys ein. Die Stille beruhigte die aufgeregten Seelen der Freiheitskämpfer der tschetschenischen Freiheitskämpfer. Die neun Leute hatten insgesamt drei Zelte zur Verfügung. Sie achteten auf Tarnfarben. Die Anzüge und das Zelt waren nussbraun. Die Karabinerhaken wurden arglos und in Windeseile in den Waldboden gedrückt, die Zelte aufgeschlagen und die Schlafsäcke ausgebreitet. Das Nachtlager schien fertig. Wüsste man nicht, dass es sich um eine kriegerische Truppe handelte, man käme glatt auf die Idee, eine Schülerfreizeit campte in der tschetschenischen Pampa.

Die Müdigkeit, der Hunger und die enervierende Unsicherheit drückten den Männern die Augen zu. Sie schnarchten und wirkten arglos. Lediglich die Kalaschnikows verrieten die wahren Absichten der neun Kämpfer. Zu essen besaßen die Freischärler nichts mehr, sie wollten am Morgen auf die Jagd gehen oder Beeren sammeln. Die kargen Vorräte verschwanden geschwind in den Mägen der Truppe. Die Entbehrungen furchten die

Gesichtszüge und mergelten die Körper aus. Viel Kraft brachten sie nicht mehr auf, sie suchten eine baldige Entscheidung zur Verteidigung ihrer Dörfer.

»Bitte nicht, lass meine Frau und mein Kind in Ruhe.« Homza wurde von Alpträumen geplagt, sein Unterbewusstsein signalisierte ihm ein nahe Unheil. Er wünschte seine Familie in Sicherheit, er selbst gab zur Not auf. Ja, um alles in der Welt wollte er das Beste für Mhamzov und Kospania. Notfalls als Gegenleistung für seine Freiheit oder das eigene Leben.

Ihm war ein wichtiges und intimes Gespräch mit seiner geliebten Ehefrau in den Sinn gekommen. Kurz, bevor er in den Krieg gezogen ist, trug er ihr auf:»Wenn du mehr als einen Monat von mir nichts hörst, pack den Jungen und fliehe. Einfach nur weg, am besten Richtung Westen. Wenn es klappt, versuche nach Deutschland zu gelangen. Unternimm alles, damit der Junge und du in Frieden und Freiheit leben können.«

Unter langanhaltendem Tränenfall hatte sie ihm das wichtige Versprechen gegeben. Sie hatte es es tun müssen, sonst wäre Homza nie in den Krieg gezogen. Und dann würden ihn die eigenen Leute aufgeknüpft haben.

»Wer nicht mitkommt, ist ein Verräter und landet am Galgen«, hatte der Anführer ins Dorf geschrieen.

Homza hatte schwersten Herzens das Los ergriffen, das ihm die Solidargemeinschaft eines kleinen Dorfes mit einhundert Bewohnern auf die Schultern geschnallt hatte und ließ Frau und Kind zurück. Jetzt, als die Situation für die Rumpftruppe aussichtsloser geworden war , hatte sich das Gewissen gemeldet.

Kospania vermochte ebenso in dieser Nacht kein Auge zuzudrücken. Sie spürte die Notlage ihres geliebten Ehemannes. Liebe verbindet auf seelischer Ebene, das bewahrheitete sich erneut in dieser Nacht. Instinktiv stieg sie um vier Uhr morgens auf, schaute, ob Mhamzov noch schlief. Das tat er ruhig und sanft. Er vermisste seinen Papa. Die Mama gab dem Kleinen das Gefühl einer vertrauten Umgebung und tiefer Geborgenheit. Die Rückversicherung stärkte Kospania, sie legte sich ins Bett, blieb wach und starrte an die Decke der einsturzgefährdeten Baracke. Es waren bald wieder dreißig Tage, seit sie das letzte Mal von Homza gehört hatte. Auch ihr kam das gegebene Versprechen in den Sinn, sie zweifelte, ob sie die Heimat wirklich verlassen und alles zurücklassen sollte. Sie erflehte ein Zeichen des Himmels, denn die Last einer derart schweren Entscheidung drückte arg auf ihre Seele. Für einen Vierjährigen eine Zukunft in der Ungewissheit zu suchen, das erschien ihr noch anspruchsvoller und hoffnungsloser, als auf einen kämpfenden und vielleicht gefallenen Ehemann zu warten. Wie sollte die Flucht in Angriff genommen werden? Wohin machte sie sich mit dem Kleinen auf den Weg? Wer sorgte um die zurück-gebliebenen Angehörigen? Fragen über Fragen, auf deren Antworten sie gleichermaßen wartete wie auf Homza. Das ernste Gesicht verriet ihre Nöte, doch Mhamzov durfte davon nichts bemerken. Für ihn baute sie eine heile, realitätsferne Welt. Immerhin funktionierte die restliche Dorfgemeinschaft und man hielt zusammen. Die älteren Männer griffen den alleinstehenden Frauen unter die Arme und besorgten die körperlich anspruchsvollen Aufgaben. Das bedeutete ihr sehr viel. Vom Westen hörte sie nicht nur Positives. Drogen und andere böse Verführungen belasteten die Familien. Welche Chancen eröffnete eine Flucht?

Davon ahnte der Soldat Homza nichts. Er kämpfte mit anderen Sorgen. In Liebe und Gedanken blieben die beiden verbunden. Die Seelenqualen wälzten Homza hin und her, wie in einer Kampfhandlung wich er der Bedrohung aus, nur diesmal schlafend. Er ahnte, dass etwas Grausames bevorstand und das ließ ihn schwitzen.

Keine fünfzig Kilometer entfernt wurde Kospania, wie von einer Salve getroffen, aus dem Schlaf gerissen. Sie saß senkrecht im Bett, sperrte ihren Mund auf, als ob ein Heuwagen Einlass begehrte. Instinktiv unterdrückte sie das Schreien – Mhamzov durfte unter keinen Umständen aufwachen, die Hölle bräche aus. Sie vermochte den Grund ihres plötzlichen Aufwachens nicht zu erkennen, ihr Gefühl deutete, irgendwas mit ihrem Mann wäre geschehen. Was genau, wusste sie nicht. Aber ihr Glaube an die über alle Grenzen hinweg wirkende Liebe, rüttelte sie auf, sie packte die Sachen, denn ihre Nase verriet ihr eine nahe Bedrohung. Sie deutete das als Zeichen, die Heimat schleunigst verlassen zu müssen. So lange Mhamzov die Augen geschlossen hielt, hatte sie Zeit, alles Notwendige zu einem tragbaren Packen zu bündeln. Und dann auf und davon, egal wie, Hauptsache weg.

Homza blinzelte aus den müden Augen nach oben. Irritiert rieb er sich den Sand aus den Augen. Denn wohin er auch blickte, erweckte alles in ihm ein schreckliches Gefühl. Eine dumpfe Ahnung, wie schnell Träume – Alpträume gehören leider ebenfalls in diese Kategorie – Wirklichkeit zu werden vermochten. Die symbolische Gestik, einem Menschen ein Gewehr an den Kopf zu halten, erzeugte eine sprachlose, unmissverständliche Klarheit. Sprachbarrieren existierten hier nicht. Homza mimte den Erschrockenen, der er sichtlich war. Der russische Soldat, einen Kopf kleiner als jeder der im Zelt Liegenden, bedeutete der Meute, mit erhobenen Händen das Zelt zu verlassen. Einer nach dem anderen. Ohne Sperenzchen. Denn vor der provisorischen Lagerstätte standen etwa 20 weitere Männer, alle schwer bewaffnet. Die unterlegenen Tschetschenen, bestenfalls Hobbymilitärs, erkannten rasch die Ausweglosigkeit. Sie taten, was ihnen befohlen wurde. Eine Alternative gab es nicht.

»Wo sind deine Frau und dein Kind?«, radebrechte der Anführer. Er wurde Grykov genannt, gab die Befehle und die anderen Russen gehorchten ihm. Es verging mindestens eine Minute, ehe Homza anfing zu verstehen.

»Meine Frau und mein Kind leben zu Hause«, antwortete er zögerlich, wohlwissend, wie unwirsch Grykov reagieren würde.

»Du Schlaumeier, fühlst dich wohl witzig«, fuhr er Homza energisch an. »Dass sie auf dem Mond leben, schließe ich aus. Also raus mit der Sprache!«

»Wir wohnen in Urus – Martan.«

Rasch kramte Grykov nach einer Karte und drückte sie einem anderen Soldaten in die Hände: »Such mal Urus – Martan, muss ein Kaff in der Nähe sein.«

Homza zitterte am ganzen Leib. Die Temperaturen erreichten um diese Jahreszeit selten fünf Grad. Er trug lediglich Schlafklamotten. Die Machthaber gestatteten ihnen weder eine Rückkehr ins Zelt noch eine Umkleidung. Im Gegenteil: Fesseln drückten die Hände der Gefangenen aneinander, sie mussten auf den kalten Waldboden sitzen, wo Ameisen ihnen noch zusetzten.

Die Habseligkeiten der armen Tschetschenen kramten die Russen aus dem Zelt und warfen sie auf einen Haufen: »Die Sachen braucht ihr erstmal nicht!«

Am liebsten wäre Homza gestorben. Er lieferte seine Frau und Mhamzov ans Messer dieser brutalen Gangster. Menschenrechte und Bedürfnisse anderer, Toleranz und Akzeptanz von verschiedenen Kulturen verabscheuten sie. Was der Bauer nicht kennt ...

Kospania hatte den Jungen, der vor lauter Müdigkeit kaum auf den Beinen stehen konnte, geschnappt.

»Schatz, lauf bitte. So schnell du kannst. Wir müssen abhauen, ich habe das Gefühl, gefährliche Leute sind hinter uns her.«

Mhamzov verstand das Gerede Kospanias nicht. Nur, dass er laufen musste, wo er lieber im Bett geblieben wäre. Wenige Meter außerhalb der Dorfgrenzen knatterte ein Traktor. Schneller, als Menschen laufen konnten.

»Hallo«, brüllte Kospania. Der Bauer hörte wegen des Motorenlärms nichts, aber ein ihm entgegenkommender Fußgänger gab ihm durch Handzeichen zu verstehen, dass jemand was wünschte.

Der Landwirt fuhr die beiden verzweifelten „Flüchtlinge" bis zur nächsten Schnellstraße. Vierzehn Kilometer. Kospania wusste nicht, wie sie dem Bauern danken könnte. Mhamzov wachte auf dem Traktor auf. Der kühle Fahrtwind umwehte sein Gesicht. Er drehte sich zur Mama um und drückte die Nase auf ihre Brust. Das härteste Abenteuer stand den beiden noch bevor.

Mobbel wagt den Aufstand

Frau Dommel begleitete Markus in das Dreier-Zimmer. Die Müdigkeit lähmte jegliche pädagogische Anstrengung und so war sie schnell wieder draußen. Sie sehnte ein eigenes Bett herbei. Zuvor stieg sie in die Dusche, reinigte sich von der langen, anstrengenden Reise, mit vielen unhygienischen Kontakten.

Andy und René zwinkerten sich freudig zu und rieben die Hände. Als ob es einen leckeren Braten zu verputzen gälte. Die beiden wirkten alles andere als erschöpft und müde.

»Jetzt wird aus der Reise eine Party mit riesigem Spaß-faktor.«

Mobbel bereitete sich mental auf ein Martyrium vor. Es lag ihm indes fern, den Unterlegenen abzugeben. Diese Rolle lag ihm kaum, denn er besuchte jede Woche ...

Das erfuhren die Mitbewohner noch rechtzeitig, was er in der Freizeit trieb. Zumindest etwas, das Andy und René das Wohlbehagen gründlich vermiesen sollte.

»Na, Mobbel, du hast noch gar nicht „Danke" gesagt für unser großzügiges Entgegenkommen. Möchtest du das nicht bald nachholen?«, sülzte Andy.

»Danke«, grummelte Mobbel kleinlaut. »Wirklich nett.«

Während René die Toilette aufsuchte und Andy ihm den Rücken kehrte, schrieb Markus eine Whatsapp an seine Mutter: »Hol mich hier raus, bitte«, flehte er.

Wobei ihm bewusst war, dass Kornelia zu dieser Zeit in der Horizontale lag und froh war, ruhig schlafen zu dürfen. Sie bemerkte das nonverbale Flehen ihres einzigen Angehörigen nicht. So tief schlief sie und am Morgen beeilte sie sich, damit sie rasch zur Arbeit kam. Für Konversationen hatte sie keine Zeit.

»So, Mobbel, dir ist klar, dass mit Pennen jetzt nichts ist. Damit du aus der Hand frisst und die Kameraden nicht von deinem Gestank erstickt werden, stecken wir dich erstmal unter die kalte Dusche. Das härtet ab, Mobbel.«

»Wag es nicht, mich anzufassen, du erlebst dein blaues Wunder.«

»René, der Mobbel wird frech! Hau ihm eine aufs Maul!«

Noch ehe Markus sich versah, holte René mit der Faust aus und schlug Markus ins Gesicht. Er konnte sich kaum wieder aufrappeln, packten ihn vier Hände und stellten ihn unter die Dusche. René drehte den kalten Zulauf auf. Markus, der hellwach war, drehte den Hahn zu, riss den Vorhang zur Seite und sprang aus der Dusche. Er packte in

Sekundenschnelle Andy an den Beinen und rang ihn zu Boden. Damit er liegen blieb, zentrierte er einen Schlag, der den Klassensprecher in die Ohnmacht beförderte. Dann zerlegte er René in seine Einzelteile. Ihn rang er nicht nur zu Boden, er kugelte ihm einen Arm aus und fauchte:

»Keinen Ton! Jetzt sind wir quitt!« René jammerte vor Schmerzen, flehte Markus um Hilfe an. Der dachte physikalisch und bearbeitete den Arm in genau entgegengesetzter Manier. In der Tat, er hatte Erfolg. Zwar brüllte René wie am Spieß, so laut, dass das halbe Haus aufschreckte. Markus eilte vor die Tür und beruhigte die Mitbewohner, während die Begleitlehrer den Schlaf der Gerechten pflegten. Fürs Erste flößte er seinen Widersachern den nötigen Respekt ein. Die Premierennacht schien gerettet.

Inzwischen saß Kornelia im Bus zur Arbeit. Zufällig blickte sie auf ihr Smartphone und erkannte eine Nachricht. Sie erschrak, so dass ihre Nebensitzerin aufschreckte: »Ist was Schlimmes passiert?«

»Ah, nee, mein Sohn macht Schwierigkeiten, da wartet Ärger heute Abend auf

mich.«

Noch vor der Arbeit klingelte sie die Dommel aus dem Bett. »Mein Sohn fleht danach, abgeholt zu werden. Sie schulden mir eine Erklärung.«

»Wie? Was? Ich habe keine Ahnung, was los ist. Ich habe bis soeben

geschlafen.«

Sie versprach, sich um die Nöte von Markus zu kümmern, und sicherte einen Rückruf am Abend zu.

Der übereilte Anruf der Mutter kam dem Jungen nur vordergründig zugute. Denn Markus verschwieg, dass er auf Grund seines Ringergeschicks die Peiniger auf sehr unsportliche Weise behandelt hatte. In der Schule galt: Gewalt hat keine Chance. Markus beförderte sich durch das rabiate Vorgehen ins Abseits der Klasse.

»Macht die Tür auf!«

Die Lehrerin klopfte an die Türe des Gewaltzimmers. Sie wusste nichts von dem brutalen Exzess der vergangenen Stunden, ihr Anliegen lag in der Ergründung von den Problemen von Markus. Andy lugte raus. Sein blaues Auge sorgte für einen Aufschrei:

»Was ist denn hier passiert?«

»Fragen Sie mal den Schläger in diesem Bett«, antwortete das falsche »Unschuldslamm«.

»Die ganze Zeit ärgern und schikanieren die beiden mich, sie steckten mir Scheiße in die Wäsche und duschten mich kalt ab, es reichte mir irgendwann und ich musste mich wehren.«

Die Verteidigungsrede verfehlte komplett ihre Wirkung:

»Wenn etwas vorgefallen ist, wieso kommst du nicht zu mir oder zu Herrn Meyerling?

»Weil die beiden Arschgesichter mich dann ausgelacht und weiter gemobbt

hätten.«

»Du bist entschieden zu weit gegangen, Markus, das hat Konsequenzen.«

»Sie brauchen nicht weiter labern, ich gehe von alleine«, sagte Markus. Man konnte kaum auf drei zählen und schon packte er seine Sachen, riss die Türe auf und eilte aus dem Haus.

Dommel stand wie versteinert im Zimmer Sie bewegte die Kiefermuskeln hoch und runter, lautlos. Sie hatte weiter nichts unternommen und meinte nur: »Der kommt schon bald wieder zurück.« Das hatte Markus aber nicht vor.

Am Abend telefonierten Kornelia und Frau Dommel miteinander. Seelenruhig und fast schon nebenbei setzte die

Pädagogin Markus`Mutter über die Flucht ihres Jungen in Kenntnis.

»Haben Sie die Polizei informiert?«

»Nein«, antwortete sie merkwürdig entsetzt, »ich gehe von der baldigen Rückkehr von Markus aus, wo soll der denn hin sein?«

»Haben Sie noch alle Tassen im Schrank?«

»Jetzt werden Sie mal nicht unverschämt! Ihr Balg attackierte zwei Mitschüler. Er kommt wieder, er ist auf Sylt völlig fremd. Ohne Geld kommt er kaum weiter als bis zum Bahnhof Westerland. Dort wird er hundertprozentig aufgegriffen und dann muss er Farbe bekennen.«

»Gnade Ihnen Gott, wenn Markus etwas zustößt!«, brüllte die Mutter und legte den Hörer auf.

Aufgebracht schnappte Kornelia ihre Jacke, die Schlüssel und die Handtasche und eilte zur Wohnungstür hinaus.

Schnurstracks steuerte sie die nächste Polizeidienststelle an und gab dort eine Vermisstenanzeige auf.

Frau Dommel beriet sich mit Meyerling, welche Vorgehensweise angezeigt wäre. Sie waren einig, wie unvorteilhaft ein Eindringen fremder Menschen in eine intime Gemeinschaft wie eine Schulklasse wirken könnte.

Dass am nächsten Tag aber auch eine Vermisstenanzeige unvermeidlich käme, falls Markus wegbleibe.

Das waren sie dem Jungen und der Fürsorge für Markus schuldig.

»Guten Abend, mein Name ist Kornelia Walter. Ich möchte eine Vermisstenanzeige aufgeben! Mein Sohn befindet sich auf einer Klassenreise, wurde dort geärgert, und zwar so stark, dass er Reißaus genommen hat.«

»Haben die Begleitlehrer vor Ort schon Anzeige erstattet?«

»Nein, bislang nicht.«

»Dann schlage ich vor, wir warten ab, bis die Lehrer aktiv geworden sind.«

»Junger Mann, jetzt hören Sie mal gut zu!«, wurde Kornelia ziemlich laut und ungeduldig. »Mein Sohn wurde massiv gemobbt. Er befand sich in einer seelischen Ausnahmesituation und sah keine andere Möglichkeit, als zu gehen. Die Lehrerin ist nicht mal dreißig Jahre alt, sie ist komplett überfordert und hat am liebsten ihre Ruhe. Die ist froh, wenn mein Junge abwesend ist. Wenn Sie nichts unternehmen, rufe ich sofort das Radio an.«

Der junge Polizist kapierte im Handumdrehen, wie heiß der Kittel seines Gegenübers brannte. Abends um 22 Uhr besaß er wenig Lust, den PC und die Maschinerie anzuwerfen. Aber er besaß keine Wahl, die Frau benötigte die Hilfe der Polizei und er musste diese gewähren. Eine Stunde danach klopfte er Kornelia beruhigend auf die Schulter und versprach, alles zu unternehmen, um ihren Sohn aufzufinden.

Noch um Mitternacht tauchte die Sylter Polizei in der Unterkunft auf. Sie sorgte für Neugier und Unruhe, was die beiden Junglehrer strikt zu vermeiden wünschten.

»Guten Abend, wir wurden von der Polizei in Wildberg in Baden-Württemberg in Kenntnis gesetzt, dass ein Schüler Ihrer Klassengemeinschaft abgängig ist.«

»Ja, das stimmt. Wir haben immer noch die Hoffnung, dass Markus Walter heute Nacht noch zurückkehren wird.«

»Worauf gründen Sie Ihre Hoffnung?«

»Er hat wenig Geld und wird damit kaum eine Fahrkarte kaufen können.«

»Und wo sind die Sachen des Jungen?«

»Die hat er mitgenommen.«

»Dann liegen Sie aber gründlich daneben. Ein vierzehnjähriger Schüler, der das Hab und Gut mitnimmt, beabsichtigt mitnichten eine Rückkehr. Wie der von hier wegkommt, muss wenig mit dem kaum vorhandenen Geld zu tun haben. Ich schlage eine gemeinsame Suchaktion vor.«

»Damit wird die Klasse kaum einverstanden sein. Die sind froh über den Abgang von Markus. Von denen können Sie nicht erwarten, dass sie nach dem unbeliebten Mitschüler Ausschau halten.«

»Das lassen Sie mal unsere Sorge sein. Morgen werden wir Ihre Schulleitung und die Schulbehörde informieren.«

Diese unvermittelte und klare Ansage saß. Dommel versammelte die Truppe im Speisesaal, wo der Polizist – er stellte sich als Frank Dietrichsen vor – zur Klasse sprach.

»Hallo! Euer Mitschüler Markus Walter ist seit einigen Stunden auf der Flucht. Wenn ihr und eure Lehrer keinen Ärger an der Backe kleben haben wollt, nehmt ihr eure Jacken und sucht mit uns zusammen auf der Insel nach Markus. Taschenlampen gebe ich euch.«

Andy, Nathalie und René probten den Aufstand, erhielten von Dietrichsen eine Breitseite.

»Passt mal auf, ihr Neunmalklugen«, fand er eine angemessene Ansprache, »wenn dem Jungen irgendwas zustößt und ihr hättet das verhindern können, seid ihr die ersten, denen der Prozess gemacht wird. Ich gehe davon aus, ihr seid älter als vierzehn.«

Der Wink mit dem Zaunpfahl traf ins Schwarze. Der strenge Kommissar teilte die Klasse in drei Gruppen auf, jeder Erwachsene führte eine an. Jede Mannschaft suchte einen umrissenen Bereich ab und bekam ein Walkie-Talkie, eine Notfalltasche sowie die versprochenen Taschen-lampen. Zudem unterstützte das Sylter Notfallteam die Suche mit einem angeforderten Hubschrauber. Auch Mitbewohner unterstützten die Aktion. Nach einer Stunde fahndeten etwa hundert Menschen nach Markus Walter. Diejenigen, die ihn nicht kannten, erhielten ein Foto per Whatsapp zuge-schickt. Die Suche weitete die Polizei auf Hörnum und List aus, die südlichen und nördlichen Enden der Insel. Erschwert wurde die Fahndung durch nächtlicher Partyhopper, die alle Stunde ein anderes Lokal betraten und die Aufmerksamkeit der Suchenden anzogen. Die Schülerinnen und Schüler fixierten ihre Aktivitäten ausschließlich auf den küstenfernen Bereich, denn sie kannten die fremde Insel kaum. Sie trabten lustlos durch die weiten Sträßchen und leuchteten unmotiviert in dunkle Winkel. Sie taten gerade so viel, um nicht den Verdacht auf sich zu lenken, an dem Auffinden von Markus desinteressiert zu sein. Die Insulaner wunderten sich über das aufreizende, müde Verhalten der Klasse und fauchten vereinzelt die Schüler an, schneller und genauer zu suchen. Ohne Erfolg.

»Merkwürdig, wie diese Jugendlichen nach einem Mitschüler Ausschau halten. Das stinkt aber gewaltig«, fasste Hardy Jansen seine Beobachtungen zusammen. Er hatte noch nicht die letzte Silbe artikuliert, da klingelte bei Frau Dommel das Handy:

»Hallo, Frau Walter, es gibt keine Neuigkeiten«.

»Doch, Frau Dommel«, gab Kornelia kontra, »Das Bundeskriminalamt ließ das Handy meines Jungen orten, er befindet sich offenbar noch auf Sylt. Geben Sie die Suche nach ihm auf keinen Fall auf.«

Diese Info gab Dommel den Rest. Sie hielt ihre Tränen jetzt nicht mehr zurück, weil sie aus der weiten Ferne den Befehl erhielt, weiter eine demotivierte Meute über die Insel zu schleppen. Mädchen und Jungs, die einen langen Schlaf mehr als verdient und bestimmt nötig hätten. Aber nein, da kam ein Quertreiber auf die Idee, zwei Mitschüler zu vertrimmen, macht sich aus dem Staub und beherrschte trotz Abwesenheit die Szenerie. Ein guter Trick, um die volle Aufmerksamkeit zu erhalten.

Dietrichsen registrierte das Gespräch zwischen der Klassenlehrerin und der Mutter von Markus: »Was hat Ihnen die Mutter des abgängigen Jungen mitgeteilt?«

Dommel überlegte lange, ob sie den Kommissar anlügen, ihm die halbe oder die ganze Wahrheit sagen sollte. Immerhin spürte sie, wie eifrig und hartnäckig die Mutter von Markus ihr im Nacken saß.

Der Polizeibeamte starrte sie in Erwartung einer Antwort an und runzelte die Stirn: »Frau Walter teilte mit, das Handy ihres Sohnes seigeortet worden, er sei noch auf der Insel«, sprach sie leise und erschöpft.

»Dann sitzt offenbar das BKA an dem Fall«, schlussfolgerte Dietrichsen, was ihm im selben Maße Hoffnung gab, wie sie der Pädagogin die Lust am Landschulheim auf Sylt raubte. Sie dachte und handelte eher aus dem Bauch heraus, pragmatisch. Ihre Maßnahmen orientierten sich an der Mehrheit der Gruppe. Die hatte schließlich ebenfalls Geld bezahlt, während der einzige, der staatlicherseits unterstützt wurde, es wagte abzuhauen. Eine groteske Gefühlslage, die der Lehrerin Schwierigkeiten bereitete.

Frank Dietrichsen verlor ein wenig die Euphorie. Er sah noch nicht den schnellen Erfolg. »Die Insel Sylt ist großteils ein Naturschutzgebiet.«

»Ich verstehe nicht, was Sie mir damit mitteilen wollen? Dass Markus Walter nicht überall rumlatschen darf?«

»Sie können den Schüler wohl nicht allzu sehr leiden«, stellte der Beamte fest.

»Ich glaube nicht, dass meine Einstellung und Beziehung zu ihm jetzt diskussionswürdig ist.«

»Ich wollte Ihnen zu verstehen geben, dass wir keinerlei Unterstützung durch einen Hubschrauber erhalten werden. Hier gibt es Vogelbrutstätten. Die dürfen auch unter solchen Umständen nicht gestört werden.«

»Das bedeutet, wir müssen zu Fuß weiter suchen?«

»Ja, aber in Anbetracht ihrer und der Motivation der Klasse werden die Polizeikräfte ohne ihre gnädige Mithilfe auskommen und die Suche selbstständig wuppen.«

Diese Antwort saß. Sie trieb das Adrenalin im Blut der Klassenlehrerin zur Höchststufe. Der Schnösel von Kommissar unterstellte ihr, sie wäre am Auffinden des flüchtenden Markus Walter nicht interessiert. Das Gespräch raubte ihr jegliche Kräfte. Mit einem Weinkrampf kauerte sie sich auf dem kalten Steinboden und gab ihren Gefühlen freien Lauf. Ihre Nerven wirkten aufgezehrt, abgenutzt und aufgebraucht. Die Situation überforderte sie. Immerhin besaß der Beamte so viel Feingefühl und alarmierte für die Lehrerin einen Notarzt, der sie in die Unterkunft begleitete.

Meyerling rief die Klasse zusammen und trottete mit den Kids zurück. Die Klasse äußerte keinen Sterbenston über Markus. Den Neutralen aus der Gruppe dämmerte schon lange, dass Markus gemobbt wurde und einmal ein Ausrufezeichen setzte. Die schlimmsten Gegner des unbeliebten Markus sahen im Flüchtigen einen brutalen Menschen, der keinen Spaß vertrug und sich unangemessen wehrte. Und die Lehrer? Sie wollten alle in der Klasse korrekt behandeln. Ihnen lag an der Förderung der Klassengemeinschaft, Markus wehrte sich zu hart. Statt zur Tat zu stehen, nahm er Reißaus. Ein Feigling, der Schwierigkeiten bereitete. Die anderen Kinder mussten alles ausbaden. Dafür brachten Meyerling wie Dommel nicht das geringste Verständnis auf.

Der Notarzt spritzte der erschöpften Katharina Dommel ein Beruhigungsmittel und meinte zu Johannes Meyerling: »Ihre Kollegin braucht mindestens zwei Tage absolute Bettruhe, sie wird nicht belastet werden dürfen.«

Damit trat für den jungen Mann eine Situation ein, die am anderen Morgen einen dringenden Anruf bei der Schulleitung in Wildberg notwendig machte. Als Anwärter durfte er, schulrechtlich betrachtet, nicht die alleinige Verantwortung für die komplette Klasse übernehmen. Scholter blieben drei Optionen: Entweder er schickte eine dritte Lehrkraft nach, was in der angespannten Personaldecke unwahrscheinlich blieb.

Oder zweitens konnte er Meyerling signalisieren, er würde für den Referendar den Kopf hinhalten, falls etwas schiefliefe. Und die letzte Option: Das Schullandheim abbrechen und alle – außer Markus - kehrten umgehend zurück.

»Guten Morgen, Herr Direktor Scholter, hier ist Johannes Meyerling«, eröffnete der Referendar das Telefongespräch.

»Endlich, Sie rufen reichlich spät an, Meyerling«, reagierte der Direktor empört, »hier macht Frau Walter uns die Hölle heiß und wir wissen von nichts.«

»Es gab bislang keine Gelegenheit, früher mit Ihnen Kontakt aufzunehmen, bis in die Nacht haben wir alle nach dem vermissten Buben gesucht.«

»Geben Sie mir Frau Dommel«, forderte Scholter unwirsch.

»Tut mir Leid. Die Kollegin hatte in der Nacht einen Nervenzusammenbruch, der Arzt verordnete ihr strenge Bettruhe.«

»Meyerling, ich will Frau Dommel sprechen«, brüllte der Schulleiter ins Telefon.

»Herr Scholter, ich werde einen Teufel tun und Frau Dommel wecken. Sie wird sich melden, wenn Sie in der Lage dazu ist. Auf Wiederhören«, antwortete der junge Mann cool und souverän.

Scholter blieb die Spucke weg. Dass ein Anwärter ihn derart auflaufen ließ, hatte er noch nie erlebt gehabt. Gott sei Dank blieb er besonnen und überlegte genauestens seine Strategie. Jegliche vorschnelle Handlung könnte eine mittlere Katastrophe auslösen. Er beriet sich mit dem engsten Schulleiterkreis und mit den Elternvertretern der Klasse. Letztere hatten leider nur ihre eigenen Kinder im Blickfeld und weniger die gesamte Klasse. Kleinkrämerisch drückte die Geldausgabe von über 500 Euro auf der Seele. Für die Eltern stand im Vordergrund, das Schullandheim fortzusetzen, ohne die Suche nach Markus wieder aufzunehmen. Anders die Lehrer: Sie versuchten, alle Seiten in die Entscheidung einzubeziehen. Die stellvertretende Schulleitung dachte an Meyerling, der rechtlich in einer Bredouille stand. Alleine durfte er nicht die Verantwortung übernehmen. Selbst wenn er das wünschte, standen die Vorschriften dagegen. Daher kam eine Fortsetzung des Aufenthalts der Klasse unter den gegebenen Umständen nicht in Betracht. Entweder eine Lehrerin reiste nach und löste die völlig überforderte Frau Dommel ab oder die gesamte Klasse kehrte zurück. Scholter dachte an die verärgerten Eltern, wenn man die Klasse zur Rückkehr zwänge. Einige der Erziehungsberechtigten traten schon als renitente, uneinsichtige Querköpfe in Erscheinung. Scholter scheute die Konflikte, daher beorderte er Frau Irene Käfer, 45 Jahre alt und damit erfahrene Kollegin, nach Sylt. Die Kosten musste sie vorstrecken und hoffen, sie eines Tages ersetzt zu bekommen. Irene Käfer gab weniger aus einer inneren Begeisterung, denn aus kollegialer Verantwortung nach. Sie pflegte nähere Kontakte zu Katharina Dommel und wusste um deren schwachen Nerven.

»Mich hat eh gewundert, dass sie einen Landschulheimaufenthalt durchführt.« Sie vermutete völlig zu Recht, dass der gesamte Ärger, der entstünde, wenn Scholter die Klasse zur Heimfahrt aufforderte, auf dem Kollegium abgeladen würde. Sie hatte keine Kinder, lebte mit ihrem Freund zusammen, der mal für wenige Tage auf sie verzichtete. Markus büchste am Mittwoch aus, Freitag, gegen 22 Uhr bestieg Irene Käfer in Stuttgart den Nachtzug nach Hamburg. Von dort fuhr sie mit dem Regionalzug vier Stunden bis Westerland. Sie kam am anderen Tag gegen 20 Uhr völlig kaputt und durstig in der Herberge an. Die Leitung der Unterkunft richtete der neuangekommenen Lehrerin ein kleines Notzimmer her. Falls Dommel vorzeitig abreisen sollte, ging Käfer in deren Zimmer. Noch bevor die Biologie- und Englischlehrerin die Klasse begrüßte, suchte sie ihre erkrankte Kollegin auf und versuchte die Umstände herauszufinden.

»Irene, du hier?« Katharina Dommel wachte verträumt und überrascht aus dem Dämmerschlaf auf.

»Scholter hat mich aufgefordert, dich hier abzulösen.«

»Wann?

»Johannes hatte ihn angerufen und um eine Entscheidung gebeten. Daher bin ich hier. Aber was ist denn eigentlich passiert, dass du so erledigt bist?«

Dommel berichtete von den Erlebnissen mit Markus, wie er René übel zugerichtet hatte und dann abgehauen ist.

»Den Rest haben mir der Polizist hier und die Walter gegeben, die mir ständig auf den Nerven rumgetrampelt sind.«

Frau Käfer grübelte. Wenn eine Mutter mitbekommt, dass ihr Kind unbeobachtet tausend Kilometer entfernt rumstreunt, würde eigentlich jeder verrückt werden. Offensichtlich sah Dommel es anders.

»Warum ist es für dich in Ordnung, dass Markus weggerannt ist?«

»Das ist es ja eben nicht, er ist ein feiger Hund. Warum muss ich die anderen bluten lassen und ihm die ganze Aufmerksamkeit schenken?«

»Weil er offenbar so verzweifelt war, dass er keine andere Chance sah als abzuhauen. Glaub mir, der Markus ist kein Weichei. Wenn er sowas macht, dann hatte er alle Gründe dazu.«

Katharina Dommel blickte entgeistert ihre Kollegin an. Wie konnte Irene Käfer einen eindeutigen Sachverhalt so unterschiedlich sehen?

»Weißt du was, Irene? Ich glaube, es ist besser, wenn du meinen Job hier übernimmst. Ich fahre morgen zurück und lasse mich krankschreiben.«

Käfer erkannte die Aussichtslosigkeit ihrer Argumentation. Sie begrüßte die Klasse und den Kollegen Meyerling, dem sichtlich die Anspannung aus dem Gesicht gewichen ist, mit einer Vorfreude.

»Gott sei Dank, dass du, gekommen bist und nicht eine andere Kollegin. Jetzt können wir in aller Ruhe planen.«

Bevor Katharina Dommel die Heimreise angetreten hatte, schrieb sie eine Mail an Scholter, in der sie ihm in aller Kürze mitteilte, aus gesundheitlichen Gründen abzureisen und sich dienstunfähig zu melden. Sie wählte die Mail, damit Scholter ihr nicht unmittelbar widersprechen oder ihr langatmig seine Sicht der Dinge darlegen könnte.

»Und das ist das Letzte, was ich jetzt brauchen könnte.«

Dietrichsen als Leiter der Polizei Westerland organisierte eine Hundertschaft an Kollegen aus dem Bundesland Schleswig-Holstein und der Bundespolizei. Technisches Know-how musste nahezu komplett auf Null reduziert werden. Flora und Fauna Sylts genossen in jedem Fall Vorrang. Da machte ein verzweifelter Junge keine Ausnahme. Markus würde die Hindernisse der Stacheldraht-zäune bereits bemerkt haben. Unwahrscheinlich, dass er ins Wattenmeer aufgebrochen war. Eher schlenderte er auf dem Hindenburg-Damm entlang. Er wollte weg.

Dem widersprach allerdings die Handyortung.

@Mama: Mir gehts es gut. Es wäre trotzdem toll, wenn du mich abholen könntest.

Kornelia schreckte auf. Der unüberhörbare Ton ihres Smartphones signalisierte einen Message - Eingang. »Verdammt, der Junge nimmt nicht ab!« Sie versuchte, Markus anzurufen, aber er lehnte den direkten Kontakt ab. Die Mutter entschied, das Heft des Handelns selbst in die Hände zu nehmen. Sie unterrichtete niemanden, außer den Vorgesetzten ihres Betriebes. Den kontaktierte sie in aller Herrgottsfrühe, erklärte ihm ihre komplizierte Lage. Der reagierte erst unwirsch, denn er wünschte morgens um sechs keine Anrufe von Mitarbeitern. Dann aber signalisierte er großes Verständnis und gab Kornelia Sonderurlaub aus persönlichen Gründen. Er versprach, das Ganze der Personalabteilung zu verklickern. Ihr fiel ein zentnerschwerer Stein vom Herzen. Michael Bernmüller arbeitete als Ingenieur in der Firma, in der Kornelia ihre mageren Brötchen verdiente. Ein unnahbarer Mann, dem menschliche Züge abgingen wie einem islamistischen Kämpfer die Nächstenliebe. Er betrachtete Mitarbeiter als teures Humankapital. Als Kornelia ihm von ihrem Jungen berichtete, dass er gemobbt würde und die

Flucht ergriffen hätte, wurde es dem Mittvierziger anders. Er wollte nicht verantwortlich sein, falls dem Buben etwas zustieß und Frau Walter ihm nicht helfen konnte. In solchen, ihm persönlich nahegehenden, Schicksalen grub er die tief versteckte menschliche Seite an ihm aus der Versenkung aus und zeigte sowas wie Mitgefühl.

Soll ich in die Herberge zurück? Zu Andy und René, diesen doofen Kotzbrocken.Und dann die dämliche Dommel, die Friede-Freude-Eierkuchen-Doofkuh. Nee, ich bleibe weg und warte, bis ich eine Gelegenheit abzuhauen finde.

Kornelia Walter wählte die schnellste Reisemöglichkeit, das Flugzeug. Dazu ging sie an den Geldautomaten, hob fünfhundert Euro ab und löste am Stuttgarter Flughafen ein Last - Minute -Ticket nach Hamburg. Von dort hatte sie vier Stunden mit dem Zug zurückzulegen. Ihr Flieger ging um 8 Uhr 39 von Stuttgart, sie erreichte den Westerlander Bahnhof um 15 Uhr 43. Mit dem Taxi fuhr sie zur Polizeistation und stellte sich dort vor. Energisch, wie sie in ihrem ganzen vorherigen Leben niemals aufgetreten war, verlangte sie, von den Polizisten durch Sylt gefahren und begleitet zu werden: »Mein Sohn befindet sich ganz sicher auf der Insel. Er meldete sich heute bei mir.«

Sie reichte Frank Dietrichsen ihr Smartphone mit der geöffneten Nachricht. Der runzelte die Stirn und kam auf die spontane Idee, man sollte zum Hafen fahren und insbesondere die Fährschiffe in Augenschein nehmen. Kornelia Walter und der Kommissar suchten die Gassen und Sträßchen der Insel mit dem Auto ab. Bis List hoch an die dortige Tankstelle, wo Tracker aus Dänemark für ihre Heimfahrt billiges Diesel tankten, fuhren die beiden. Der Polizeibeamte dachte logisch, denn dort nahmen ab und an Brummipiloten Reisende mit. Gott sei Dank hatte Kornelia ein Foto von Markus mitgebracht. Der Polizist hielt es mindestens dreißig Fernfahrern unter die Nase – niemand wusste etwas von dem Buben. Der Tankwart bot an, Kunden zu befragen, sagte dann aber plötzlich:

»Der war gestern hier und erkundigte sich nach einem Job. Er brauchte Geld, um wegzufahren.«

Wohin der Junge dann gegangen war, wusste er nicht, ergänzte: »Er fragte einige Fernfahrer, keiner wollte einen so jungen Burschen mitnehmen.«

»Henryk, du hast uns sehr geholfen«, beendete Dietrichsen das Gespräch.

Auf Sylt duzten sich die meisten Einheimischen aus Gewohnheit, man kannte sich.

»Wieso hat er uns geholfen?«, fragte Kornelia im Auto.

»Wir wissen, was Ihr Junge vorhat. Er sucht eine Beschäftigung, um fortzukommen. Und er läuft wahrscheinlich noch auf der Insel rum. Die Brummifahrer reagieren klug und lassen ihn schön hier.«

Kurz danach meldeten die Kollegen, Markus hätte die Fähren nicht betreten. Keiner hätte das Gesicht erkennen können.

Irene Käfer und Johannes Meyerling sorgten für Abwechslung für die Klasse. Selbst den gutmütigen Pädagogen kam die Fokussierung auf Markus befremdlich und zu ausschließlich vor. Sie unternahmen Ausflüge auf der Insel, unter anderem wanderten sie am Strand entlang zur Sylter Robbenstation. Für Schüler einer sechsten Klasse ein interessantes Vergnügen. Der junge Mann, der dort sein Freiwilliges Soziales Jahr absolvierte, erklärte anschaulich die Lebensweise der Seetiere. Er zeigte ihnen, wie Kegelrobben aussahen und Seehunde. Kegelrobben brachten mehr Masse auf die Waage als Seehunde. Sie gehörten, was die Kids erstaunt hatte, zu den Raubtieren, galten aber

als weniger bedroht, denn sie erschienen den Robben-
fängern zu uninteressant. Imke, eine zweite Mitarbeiterin der
Station, brachte ihnen die Seehunde nahe. Diese gehörten
zwar auch zu den Robben, ihr Körperbau gestaltete sich
aber eher schmaler, schlanker und eleganter. Der Schädel
wies Ähnlichkeiten zu den Hunden auf. Ihr Lebensraum war
das Wattenmeer, das geschützt werden musste. Die jungen,
engagierten Mitarbeiter und Mitarbeiterin gingen auf den
Dünenschutz ein. Als Tourist sollte man seinen Teil beizu-
tragen, dass der bedeutsame Lebensraum Wattenmeer
erhalten bleiben konnte. Also so wenig wie möglich das
Meer bei Ebbe zu betreten.

Sichtlich beeindruckt trat die Klasse die Rückkehr an, die
sie an einer Tekate vorbeiführte. Dort spendierten die Lehrer
der Klasse einen ostfriesischen Tee mit Keksen, was die
Mienen aufhellte. Endlich erhielten sie Anerkennung.
Mobbel hatte seinen Teil an Aufmerksamkeit im Übermaß
abbekommen.

Kornelia und Dietrichsen beendeten die Sightseeing -
Tour über Sylt. Tränen kullerten das kantige, von asiatischen
Genen geprägte Gesicht der besorgten Mutter herunter. Sie
wusste nicht, was sie denken sollte. Markus schien
unauffindbar. Frank Dietrichsen setzte Kornelia wunsch-

gemäß vor der Herberge ab. Sie wollte unbedingt das Gespräch mit den Lehrkräften suchen. Komplett von den Socken war sie, als Irene Käfer ihr die Hand entgegenstreckte und nicht mehr Katharina Dommel.

»Frau Dommel war mit den Nerven am Ende, sie musste abreisen, deshalb bin ich jetzt hier. Aber keine Sorge, ich bin im Bilde«, stellte Frau Käfer sich vor. »Wenn Sie wollen, setze ich mich dafür ein, dass Sie hier bei uns bleiben können.«

Auf dieses Angebot ließ sich Kornelia dankbar ein. Sie schnaufte tief durch. Auch ihre Nerven rieben sich komplett auf. Sie versuchte, eine menschliche Saite anzustimmen.

»Es tut mir leid, wie das alles so geworden ist. Markus ist mit Sicherheit kein böser Junge, ich vermute, er wurde beleidigt oder geärgert.«

»Frau Walter, hier ist weder der Ort noch die Zeit, die Schuldfrage zu klären. Wir haben zwei Probleme zu lösen. Die Suche nach Ihrem Sohn, aber auch der Klasse zu einem sinnvollen Landschulaufenthalt zu verhelfen.«

Letztes widersprach der Gefühlslage von Kornelia. Ihr ging es ausschließlich um ihren Sohn. Die Klasse ging ihr am Allerwertesten vorbei.

»Ich habe nur Markus. Wenn ihm was zugestoßen ist, mache ich Sie dafür verantwortlich.«

Irene Käfer behielt die Contenance: »Noch wissen wir nichts, was Markus zugestoßen sein könnte oder wie es ihm geht. Lassen Sie die Polizei ihren Job erledigen und wir müssen uns um viele Kinder kümmern, nicht nur um eines.« Damit rückte Käfer der gedankenlosen Mutter den Kopf zurecht. Wutschnaubend verließ sie die Herberge, lief nach Westerland, um dort ein teures Zimmer zu buchen. Vorher drückte sie Irene Käfer noch die Handynummer in die Hand und gab ihr mit auf den Weg, nur wer eigene Kinder geboren und großgezogen habe, wisse, wie schmerzlich der Verlust eines Kindes wirke.

Sie verletzte damit die kinderlose Pädagogin. Und das wollte sie.

Die getroffene Käfer ließ die Beleidigung nach außen kühl. Man merkte ihr den Angriff der hitzigen Frau Walter nicht an. Sie begab sich in den Aufenthaltsraum, wo die versammelte Klasse zum Abschied – die fünf Tage erreichten ein Ende – spielten. Dabei wirkten alle gelöst und entspannt. Schüler wie Lehrer amüsierten sich und johlten und jubelten vor Freude. Markus spielte keine Rolle – und das war in diesem

Augenblick gut so. Schließlich bezahlten die Eltern aller Kinder einen teuren Aufenthalt unter der Vorgabe der Förderung der Klassengemeinschaft. Drehte sich der Aufenthalt ausschließlich um eine Person, konnte man nicht mehr vom Erreichen dieses Ziels ausgehen. Die Eltern würden bestimmt nachfragen.

Meyerlings Fazit: »Spannung und Abenteuer erreichten Höchststufe. Die Mehrheit der Klasse demonstrierte Teamfähigkeit. Wenn einer über die Stränge schlägt, darf die Klasse nicht dauerhaft darunter leiden.« Diese diplomatische Meinung versöhnte die Kinder mit der Situation und ließ sie entspannt die Koffer packen und die letzte Nacht genießen. Man bereitete die Rückfahrt ohne Markus vor.

Frank Dietrichsen fläzte sich auf sein Sofa. Der anstrengende Tag mit der nervigen Kornelia Walter nagte an körperlichen wie seelischen Reserven.

»Lange darf die Suche nach dem Jungen nicht mehr dauern, ansonsten kannst du mich in der Klapse anmelden«, meinte er zu seiner Frau Thea. Das herzhafte Abendessen genoss das Paar, jetzt wollten die beiden einen gemütlichen

Fernsehabend genießen. Doch daraus wurde nichts, denn um 21 Uhr 24 klingelte das Handy des Kommissars:

»Henryk, was gibt's, dass du mich spätabends noch anrufst?«

»Ich glaube, ich weiß, wo der gesuchte Junge ist.«

Der Polizeibeamte sorgte für volle Aufmerksamkeit. Der Tankwart pflegte einen allwöchentlichen Skatabend, an dem auch der Fischer Finn teilnahm. Zufällig und nebenbei hatte der Tankwart den gesuchten Jungen erwähnt. Schnell stellte sich heraus, dass Finn Jansen den bei sich aufgenommen und als Mitarbeiter auf Taschengeldbasis beschäftigt hatte. »Er wollte einen Job und sei in Ferien hier. Das habe ich ihm abgekauft«, rechtfertigte sich der Fischer. »Er schleppte einen Koffer und eine Tasche mit sich, das wirkte echt.«

»Frau Walter, wir haben Ihren Jungen«, versetzte Dietrichsen die Mutter in helle Freude. »Ich hole Sie ab, dann fahren wir zu Ihrem Jungen.« Zehn Minuten später standen sich Mutter und Kind sprachlos einander gegenüber. Beiden liefen um die Wette Tränen ins Gesicht, es war nicht klar, ob Freuden- oder Trauertränen. Das spielte in dem Augenblick nicht die geringste Rolle. Markus starrte Kornelia minutenlang schweigend an. Er rechnete mit allem. Dass seine Mutter so tapfer und entschlossen die Suche nach ihm aufgenommen hatte, verschlug ihm die Sprache. Eine neue Erfahrung. In Hühnerschritten traten Mutter und Sohn einander gegenüber. Es dauerte gefühlt Minuten, bis sie einander um den Hals fielen und sich drückten. So intensiv hatten die beiden noch nie gezeigt, was sie füreinander empfanden.

»Du kommst jetzt mit, wir übernachten im Hotel.«

Am anderen Morgen hatte eine Polizeibesatzung dafür gesorgt, dass die Walters rechtzeitig in Hamburg den Zug bestiegen, in dem die Klasse saß und heimfuhr. Allen war klar, dass Sylt vieles verändert hatte.

Der Teufel muss ein Russe sein

Schlafen mit gefesselten Händen – ein Ding der Unmöglichkeit. Homza drehte sich verzweifelt abwechselnd mal auf die rechte, dann auf die linke Seite eines Plastikzeltes, das ihnen die Mannen um Oberst Grykov zum Nächtigen aufstellten. Damit den Gefangenen die Luft um den Körper wehte und mit ausreichend Sauerstoff versorgte, schnitten sie an fünf Stellen faustgroße Löcher in die Zelthaut. Bei minus zehn Grad litten die Tschetschenen allerdings eher an Erfrierungen.

Homza Kabulatov grübelte, was ihm und den Mitgefangenen bevorstehen könnte. Dass er in Kürze freigelassen werden würde, schien ihm unwahrscheinlich. Die Härte, mit der die Russen ihre Opfer schikanierten, schloss jede Barmherzigkeit aus. Grykov gerierte zum gehässigen Sadisten. Einem befreundeten Soldaten Homzas schnitt er den Mittelfinger ab, als der sich geweigert hatte, seine Herkunft preiszugeben - wahrscheinlich meinte er, je härter er und seine Mannen auftraten, desto eher kämen die Tschetschenen ihnen entgegen. Sogar dem größten Trottel leuchtete ein, dass diese Taktik zum Scheitern verurteilt war. Anscheinend hatten einige

Heerführer so gut wie keine Ausbildung genossen. Oft agierten sie aus dem hohlen Bauch heraus und nach Tagesform. Zumindest begriffen die Gefangenen, was ihnen bevorstand: Sklavenarbeit, wenn es gut lief, der Tod am Strang oder durch Gewehrschuss im Regelfall. Viel Aufhebens und Gedanken, wie man die paar Hanseln tschetschenischer Soldaten nach dem Kriegsrecht behandeln müsste, machten sich die russischen Befehlshaber nicht.

Homzas Lebensgeister schienen noch lange nicht aufgebraucht. Zu stark loderte in ihm der Widerstand, die Kampfeslust gegen Willkür und Ungerechtigkeit. Sein tschetschenischer Stolz und seine vorbildliche Haltung als Familienvater verboten es ihm, sich vom russischen Feind abschlachten, demütigen oder hinrichten zu lassen. Er hatte nur kurze Zeit eine Schule besucht, besaß indes soviel Herzblut, dass ihm klar wurde, dass Menschen nicht minderwertig waren oder weniger Rechte besaßen, nur weil sie aus einem kleinen asiatischen Steppenvolk entstammten. Ihm schien es immer unbegreiflicher, je länger der Freiheitskrieg andauerte, wieso Menschen Kraft aus der Unterdrückung anderer zogen. Warum ließen die Russen die Tschetschenen nicht einfach Tschetschenen sein? Sie ertrugen es nicht, wenn ein kleines Volk alleine existierte, ohne von Moskau unterwürfig Anweisungen zu erhalten. »Was ist in der Menschheitsgeschichte falsch gelaufen?«, sinnierte ein einfacher Geist wie Homza vor sich hin, ohne eine Antwort zu erhalten. Dass Grykov auch Mitgefühl hervorbrachte, davon ging Homza fest aus. Er dachte lange nach, wie er den emotionalen Panzer des russischen Oberst knacken könnte. Russen beschützten ihre Familien. Nichts in der Welt lag ihnen näher am Herzen, wie das Wohl und Wehe der eigenen Kinder. Nach außen präsentierten sie sich als hasenreine Kommunisten. In den eigenen vier Wänden hassten sie ihre Machthaber und kümmerten sich um die Kinder. Das war überall in der Welt so. Ein Naturinstinkt verpflichtete uns Menschen zu fürsorglichen Handlungen. Und an diesem Punkt vermutete Homza, könnte man den russischen Panzer namens Grykov aufbohren und eine weiche Haut Menschlichkeit freilegen. Ein hartes Stück Arbeit stand bevor.

Kospania stand an der Schnellstraße, wo Fernfahrer bereitwillig Anhalter aufnehmen. Mhamzov, der vierjährige, verschreckt dreinblickende Bub, verlor jeglichen situativen Durchblick. Er vertraute seiner Mama. Warum sie die Heimat verlassen mussten, und vor allen Dingen mit Traktor und

LKW das Weite suchten, verstand er nicht. Er drückte das Gesicht an Kospanias Hüfte. Die kalte Temperaturen machten ihm zu schaffen. Der Hunger und der Durst plagten ihn. Unvermittelt das warme Bett verlassen zu müssen, bedeutete ein hartes Opfer. Noch ahnte er kaum, was ihm noch alles bevorstand. Die beiden Fliehenden waren in ihrem Leben nicht über die Dorfgrenzen hinausgekommen. Welche Gepflogenheiten im Fernfahrermilieu herrschten, vor allen Dingen die lauernden Gefahren kannten sie nicht. Arglos und voller Hoffnung standen sie vier Stunden am Straßenrand, bis endlich ein russischer Fernfahrer anhielt und der Mutter samt Kind die Reise ins Ungewisse anbot.

Grykovs Schergen gierten in Urus-Martan nach Kospania und dem Jungen. Im Kriegszustand verloren Anstand und Moral ihre Gültigkeit. Die Kriegsherrscher setzten ihre Macht qualvoll für die besetzten Dörfer ein und die Soldaten trachteten danach, möglichst viele tschetschenischen Frauen zu vergewaltigen. Dadurch demütigten sie die gesamte Bevölkerung. Die Schmach traf sowohl die gequälten Frauen wie deren Männer. Sie bekamen zu spüren, dass ihre Frauen Freiwild waren. Und damit in der Herrschaft der Russen. Wer die Frauen in der Hand hielt, beherrschte die Zukunft. Außerdem drückte man insbesondere den jungen Mädchen in einer Vergewaltigung eine genetische Vorprägung auf. Wer mit jungen Frauen den ersten Geschlechtsverkehr ausübte, prägte auch die Gene der Nachkommen – das hatte eine wissenschaftliche Studie an Vergewaltigungsopfern aus dem Balkankrieg ergeben.

Mit solchen Absichten drangen vier Russen in die Baracke der Kabulatovs ein. Die Türe traten sie auf, schritten energisch in die Räumlichkeiten, durchwühlten die Betten und suchten in den verwinkelten, kleinen Ecken. Sie fluchten, denn sie kamen wenige Stunden zu spät. Doch ein russischer Soldat wirft so einfach nicht die Flinte ins Korn. Sie verabredeten eine Route, zwei nahmen zu Fuß die Verfolgung in Richtung Wald auf, zwei nahmen das Fahrzeug in Richtung des Fluchtwegs der beiden. »Weit können sie nicht sein«, meinte der Anführer. Mit quietschenden Reifen raste der Jeep aus dem kleinen Nest, die verschreckten Bewohner krochen aus den Verstecken hervor und lugten aus den Fenstern oder aus dem, was davon übrig geblieben war an Scherben. Sie holten indes die gesuchten Flüchtlinge nicht mehr ein. Ein Ziel erreichte Kospania: Die russischen Soldaten bekamen sie nicht in ihre dreckigen, mit schuldigem Blut beschmierten Fingern. Hasserfüllt vermeldeten sie Grykov diese Niederlage, dem sie das weitere Schicksal Homzas überließen.

»Oberst Grykov, haben Sie Frau und Kinder?«, stellte Homza eine intime Frage an den Mann, der über sein Leben bestimmte. Verdutzt und grimmig schaute Grykov über die Gläser seiner mit Staub verdreckten Nickelbrille hervor.

»Kabulatov, warum fragst du mich solch unwichtiges Zeugs?«, gab der Befehlshaber den Empörten.

»Unwichtig? Für Sie sind die Gattin und die Kinder bedeutungslos?«

Grykov schlug dem Gefangenen mit der flachen Hand ins Gesicht. »Halt endlich dein Maul. Du hast keine Fragen zu stellen, sondern das zu tun, was ich dir

befehle.«

Die Nase brach durch den brutalen Schlag des rücksichtslosen Oberst. Homza wischte die Blutstropfen aus dem Gesicht. Aber: Bei genauem Nachdenken gab Grykov dadurch seine Verwundbarkeit zu. Die Familie bedeutete ihm offensichtlich wahnsinnig viel. Sonst hätte er keine derart heftige Reaktion gezeigt. Das leuchtete Homza bei allen Schmerzen, die er ertrug, ein. Und daran knüpfte er seine kommende Strategie.

»Ich fahre in die Ukraine«, begrüßte der Fernfahrer die am Straßenrand stehende Kospania. »Wenn ihr wollt, steigt ein.« Die junge Mutter wuchtete zuerst Mhamzov, dann das Gepäck in die Kabine des russischen Fernfahrers.

»Ich heiße Wladimir.«

»Wir sind Kospania und Mhamzov.«

»Wohin wollt ihr zwei Hübschen denn?«

»Das wissen wir noch nicht. Hauptsache weg von hier.«

»Auf dem Hänger fahre ich Lebensmittel durch ganz Russland. Die müssen übermorgen in Lviv ankommen«, gab er das Ziel preis. Wladimir Brzezinski, so der volle Name, wunderte die Ziellosigkeit seiner Fahrgäste. Das erinnerte ihn an die frühen Neunziger, als nach dem Zusammenbruch der Sowjetunion junge Leute von der Reiselust gepackt wurden. Sie zog es hauptsächlich gen Westen. Manchen reichte es schon, wenn sie Danzig erreichten, die meisten freuten sich auf einen Besuch in Westdeutschland. Als er noch unter dreißig Jahre alt und ungebunden gewesen war, hatte er seinen Vierzigtonner monatlich mindestens zweimal nach Hamburg georgelt. Jetzt, Mitte 50, machen ihm diese

Entfernungen unglaublich zu schaffen, und er war froh, wenn er bis nach Lviv kam.

Mhamzov mied den Anblick des Chauffeurs, womöglich des Retters in die gelobte Freiheit. Instinktiv misstraute er allen Fremden, insbesondere Leuten, die merkwürdig rochen und aus den Augenwinkeln die Mama betrachten. Genau das tat Brzezinski pro Minute gefühlt fünf Mal. Kospania stierte aus der Frontscheibe. Sie bemerkte die auffallenden Blicke Wladimirs nicht, sie war froh, mit Haut und Haaren und vor allen Dingen mit dem kleinen Buben aus der Heimat heil herausgekommen zu sein.

Ihre Gedanken hingen an Homza. Sie fühlte die unerträgliche Pein, die auf dem geliebten Ehemann lastete. Er musste ausbaden, dass seine Familie auf und davon war. Sie weinte bitterlich, verbarg ihre Tränen unter ihren Händen, die sie übers Gesicht hielt. Ein schlechtes Gewissen plagte sie, sie empfand sich als Verräterin. Während der holprigen Fahrt auf löchrigem Asphalt waren ihre Erinnerungen an die gemeinsame lange Zeit mit Homza hochgekommen. An die Kindheit im Dorf, wo sie mit dem Sandkastenfreund viele ausgelassene und sorglose Stunden genießen durfte. Die Schulzeit mit dem strengen Lehrer, der dafür gesorgt hatte, dass die Kinder und

Jugendliche des Dorfes einen Beruf lernen und ausüben konnten. Wie sie und der Junge, den sie seit der Schulzeit vergöttert hatte, sich am Waldesrand außerhalb des Dorfes trafen und mit 15 Jahren das erste Mal inniglich küssten. Von diesem unvergessenen Augenblickan hatten beide gewusst, ohne darüber gesprochen zu haben, dass sie für einander bestimmt waren. Und der erste Höhepunkt der Liebe: Die unvergessene Hochzeit, zu der das ganze Dorf eingeladen wurde und erschienen war. Wie selig sie den Erstgeborenen in den Händen gehalten und das erste Mal an ihrer Brust gestillt hatte. Und Homza, das lachende Baby, stolz in die Höhe gehoben hatte.

Diese Erlebnisse sollten von einem auf den anderen Moment ausgelöscht werden aus ihrem Leben? Sie brachte es nicht übers Herz, das einzugestehen. So klein die Hoffnung sein sollte, sie gab sie nicht auf und hoffte auf ein Wiedersehen mit dem Menschen, den sie mit Haut und Haaren liebte, dem sie ihr Herz und ihren Körper geschenkt hatte. Mit dem sie das ganze Leben glücklich leben wollte.

Die kluge Mutter wusste indes, wie brutal russische Soldaten agierten, wenn sie ihre gierigen, sexuellen Wünsche sahen. Ihre Gefühlswelt pendelte von einem Extrem zum anderen. Sie hielt den Kleinen fest in den

Händen, mit einem Weinkrampf verhakelte sie ihre aufgequollenen Finger mit denen des Vierjährigen. Er erinnerte Kospania an Homza, Mhamzov war der einzige Mensch, den sie noch hatte und dem sie vertraute. Ein kleiner Junge als Rettungsanker und Erinnerungstrophäe an bessere Zeiten.

Brzezinski strahlte eine stoische Gelassenheit aus. Spracharmut prägte seinen Kommunikationsstil, er machte niemals viele Worte. Das Leben lehrte ihn, das hinzunehmen, was er nicht ändern konnte und ansonsten gaben die furchigen, harten Gesichtszüge Zeugnis eines entbehrungsreichen Lebens. Auch nach vier Stunden taute Kospania noch nicht auf, zu mysteriös kam ihr Wladimir vor. Er lugte verstohlen, manchmal machte er am Funkgerät obszöne Witze. Sie verstand zumindest so viel von der russischen Sprache, dass sie seinen Humor ablehnte. Sexistisch und frauenfeindlich, geradezu verächtlich äußerte er sich den Kollegen gegenüber. Sie misstraute ihm und vermied zu intime Details. Sie gingen ihn einen feuchten Dreck an. In den wenigen Fällen, in denen er Kospania ansprach, erbrach er förmlich einige, kaum decodierbare Laute. Wenn man nicht ganz sicher das Gegenteil wüsste, würde man ihn für einen Aphasiker gehalten haben. Bis er einen Satz ausgesprochen hatte, vergingen oft zwei Minuten. So lange brauchte er, um das in Sprache zu fassen, was sein Gedankenstrom ihm als Bilderfetzen vorspielte. Grammtische Korrektheit musste er nicht leisten, es genügte, wenn man nach einer Denkpause von einer Minute ahnte, was er gemeint haben könnte. Man tat ihm daher den größten Gefallen, erließ man ihm einen Smalltalk oder gar eine politische Diskussion. Letztere vermied angesichts der politischen Lage auch Kospania; Politik sollten die machen, die dafür bestimmt waren oder sich dafür hielten. Sie hätte es durchaus für höflich gefunden, hätte Wladimir das andauernde Gespräch gesucht. So aber herrschten wortlose, angespannte Stille und eine geheimnisvolle Spannung im Führerhaus des kärglich ausgestatteten Trucks. Sie wusste nicht, mit wem sie es zu tun hatte. Und es schien angeraten, nicht danach zu fragen. Die unebenen Straßen weckten den tief schlafenden Mhamzov auf, der völlig entgeistert seine Mutter und den Brummifahrer anstarrte. Er wusste rein gar nichts mit der Situation anzufangen. Kospania hatte bis dato keine Gelegenheit gefunden, den Kleinen aufzuklären. Sie drückte ihn an ihre Brust und gab ihm ein Gefühl der Geborgenheit. So stark, dass Mhamzov keine Notwendigkeit spürte, seine

Mutter um eine Klärung zu bitten. Kospania genügte dem Vierjährigen und er ihr.

Vierzehn Stunden gondelten die drei im zwanzig Jahre alten LKW durch die Lande. Kospania vertraute Waldimir, zumindest was die Strecke anging. Sie besaß keine Wahl, wollte sie in absehbarer Zeit sichere Gefilde erreichen, wo sie und ihr Sohn leben konnten. Fern der Heimat eine Existenz aufbauen in der nie versiegenden Hoffnung, dass eines Tages Homza auftauchen würde und ihr wie damals innig um den Hals fiele und sie küsste, als gäbe es kein Morgen. Wladimir steuerte in der nächtlichen Dunkelheit eine Raststätte an. Nach russischem Verständnis genügte dafür ein Ort, wo man für wenige Minuten sitzen und eine stinkende Toilette aufsuchen konnte. Der Kapitän der Straße wusste von der Abgeschiedenheit der Örtlichkeit, aber auch von dem reichhaltigen Angebot an Esswaren – man konnte zwischen vier verschiedenen Brötchen wählen und unterschiedlichen Getränken. Er parkte den Lastwagen in einer lichtfernen Bucht, stellte den Motor aus, atmete tief durch und sprang raus. Ob Kospania oder Mhamzov das Bedürfnis, die Beine zu vertreten oder Hunger und Durst hatten, kümmerte den knurrigen Mann nicht. Vordergründig.

Er fragte oder schaute nicht nach ihnen, stiefelte breitbeinig auf die Kaschemme zu und verschwand hinter dreckigen Fenstern. Die beiden Fahrgäste stiegen nach zehn Minuten ebenfalls aus dem Führerhaus und liefen mehrmals um den LKW, um zu schauen, ob das Fahrzeug in Ordnung wäre. Sofern sie in der Dunkelheit was rasfinden konnten. Es tat gut, sich zu bewegen und die Muskulatur aufzulockern, den Kreislauf anzukurbeln. Die stickige, sauerstoffarme Fahrerzelle vermittelte alles andere als den Eindruck eines Wohlfühlortes.

Dreißig Meter abseits des LKWs lief Mhamzov zu Büschen, um seinem wichtigsten Bedürfnis nach Essen und Trinken nachzugeben – die Verdauung riechbar zu machen. Dort konnte er sich verstecken und nach dem merkwürdigen Brumifahrer Ausschau halten. Alle fünf Sekunden drehte er den Kopf nach hinten, um zu schauen, ob die Mama noch sichtbar vor dem Fahrzeug stand. Als Wladimir nach zwanzig Minuten immer noch nicht zurückgekehrt war, erleichterte sich auch Kospania. Langsam befielen sie Zweifel, ob die mehr oder weniger angenehme Reise eine Fortsetzung fände. Sie tippelten beide um die Wette von einem Fuß auf den anderen, als Kospania Nervenkostüm aus heiterem Himmel und wie vom Blitz getroffen auf die bislang schwerste Probe der Reise gestellt wurde.

»Mama, wo sind wir?«, fragte Mhamzov.

Völlig berechtigt, die Frage. Für die strapazierten Nerven Kospanias, die nicht wusste, wo ihr der Kopf stand und wie es mit den beiden hilflosen Flüchtigen weiterginge, war die Frage zu viel. Instinktiv hob sie den Buben hoch, drückte ihn an sich. Ihn anschreien konnte sie gerade noch vermeiden.

»Schatz, wir sind auf einer Reise. Zu Hause sind böse Menschen, die uns dort nicht haben wollen. Wir sind bald an einem Ort, wo es uns gut geht.« Im ersten Augenblick pustete Kospania durch. Nach kurzem Nachdenken wurde ihr bewusst, dass sie dem Buben einen ungedeckten Scheck ausgestellt hatte. Denn im Augenblick ahnte die junge Mama überhaupt nicht, wo sie und ihr Sohn ankommen würden. Aber für den ersten Moment gab der Kleine Ruhe, hoffte Kospania. Doch das Martyrium fand nach einer Minute eine gesteigerte Fortsetzung:

»Und wo ist Papa?«

»Buh, Mist«, dachte die gepeinigte Mutter, »jetzt will er aber alles genau wissen.«

Was sollte sie als ehrliche Frau und verantwortliche Mutter auf diese, das Leben des Sohnes entscheidende Frage antworten? Wie ein frisch geschliffenes Messer bohrte die Frage ein klaffendes Loch in ihr fragiles Seelenkostüm. Normalerweise weinte sie solche Schmerzen aus ihrer Seelenhaut, doch in diesem Falle gäbe sie dem Jungen zu verstehen, dass etwas Wichtiges im Leben aus den Fugen geraten war. Das galt es um alles in der Welt zu verhindern. Es genügte, wenn sie schon leiden musste. Noch war won Wladimir weit und breit kein Zeichen zu sehen.

Kospania ertappte sich dabei, ständig auf der Flucht zu sein. Nicht nur physisch, vor den russischen Besatzern, sondern auch mental. Sie mied Mhamzovs Fragen, auch wenn sie berechtigt waren. Einen Augenblick später stutzte sie erneut: Sie sehnte die undurchsichtige, wenig sympathische Figur des Russen Brzezinski herbei. »Komisch«, fiel ihr auf, »zu Hause floh ich vor den Russen, jetzt wünsche ich einen dringlichst herbei«, murmelte sie, für den Sohn unhörbar. Der schaute dringlicher denn je in das Gesicht seiner Mutter, sie schuldete ihm eine Antwort.

»Mhamzov, mein Schatz, Papa kämpft gegen die bösen Männer. Wenn der Kampf zu Ende ist, kommt er bestimmt nach. Das hat er mir versprochen.« Geschafft, schoss es ihr durch die heiße Hirnarterie, der Kleine reagierte, als ob er mit der Antwort einverstanden und versöhnt wäre. Aber

Kospania wusste, wie genau er sensible Äußerungen registrierte und abspeicherte. Die Ruhe vor weiteren Nachfragen besaß eine begrenzte Halbwertszeit. Und die Dauer bestimmte der vierjährige Bub höchstpersönlich.

Nach einer gefühlten Stunde – wegen der Dunkelheit konnte man das Ziffernblatt der Armbanduhr nicht erkennen – trottete eine Person gemächlich auf den LKW zu. Sie hielt etwas in der linken Hand, was Kospania aus der Ferne bestimmen vermochte. Wladimir grinste die beiden an, die glasigen Augen verrieten, dass der LKW-Fahrer Alkohol getankt hatte. Wie viel und welcher Art roch man nicht.

»Hier, ich habe euch etwas zu essen und einen Liter Wasser mitgebracht.« Freudentränen entluden sich, eine derart warmherzige Geste hätte Kospania dem Typen nicht zugetraut. Zwei Fischbrötchen wurden schnell verschlungen, das Wasser teilten Kospania und Mhamzov milliliter-genau ein. Mindestens 25 Stunden Reise bis nach Lviv lagen noch vor ihnen; sie wussten noch nicht, ob Wladimir je wieder eine Rast einlegen würde.

Wladimir fuhr aber zunächst nicht weiter. Seine Müdigkeit und der Alkoholgenuss schlossen eine sofortige Fortsetzung der Reise aus. Das bedeutete, die drei würden die Nacht auf dem schummrigen Rastplatz verbringen. Wo genau sie standen, wusste vielleicht Wladimir, die Fahrgäste besaßen keinen Schimmer. Kospania bibberte, ob sie weiteren unangenehmen Fragen ihres Sohnes ausgesetzt sein würde. Der wirkte im Augenblick müde. Sie rechnete mit seinem baldigen Schlaf.

Aus der hinteren Kajüte hörte sie nichts. Keinen Laut, nicht mal das für einen Alkoholgenuss charakteristische Schnarchen. Sie ging selbstsicher davon aus, dass Wladimir schlief. Was übrigens auch der Kleine tat. Sie legte ihren Kopf zur Seite, um jederzeit in der Lage zu sein, die Veränderungen im Schlafverhalten Mhamzovs wahrzunehmen. Der Kleine litt oft unter Alpträumen und brauchte dann dringend Schutz und Hilfe, wenn er schweißgebadet aufwachte und nicht wusste, wie ihm geschah. Und jetzt auf der Reise ins Ungewisse musste sie ihm Wärme, Halt und Geborgenheit vermitteln. Er hatte außer ihr niemanden. Er war auf sie angewiesen und ihr ausgeliefert. Wie das unverzichtbare Wasser sog er der Mutter die Lebensenergie aus dem Leib, ohne die er sich kein Überleben zutraute. Erholsamer Schlaf – davon hatte Kospania schon lange keine Ahnung mehr, was sie sich darunter vorstellen sollte. Im Krieg und in der Abwesenheit ihres Mannes schwirrten alle Sekunden sorgenvolle Gedanken durch ihren Kopf und versetzten ihre Seele in schwerste Angstzustände. Panikattacken trieben sie in die Vertikale und rüttelten an ihrer Lebensgrundlage. Sie selbst verlor jegliches Vertrauen in die Mitmenschen, musste aber auf Gedeih und Verderb Mhamzov genau jenes Vertrauen vermitteln. Diese Herausforderung an die menschliche Natur riss ihr Wesen in atomare Stücke. Sie stand jeden Tag vor einer unlösbaren Aufgabe, die sie bezwingen sollte, jedoch immer scheitern musste, aber vor der sie keinesfalls kapitulieren durfte. Die einzige Kraft, die sie wie ein »Perpetuum mobile« unaufhörlich antrieb, war die Pflicht, ihrem Sohn eine glückliche Zukunft zu bieten. Diese Energie hielt ihre Seele und den Leib zusammen wie ein wackliges Skelett, das jeden Moment in seine Einzelteile auseinander-brechen konnte, indes dem Betrachter die berechtigte, minimale Hoffnung auf eine stabile Zukunft beließ.

Sie krampfte die Augen zu, doch der Schlaf entfernte sich mehr und mehr, auch wenn sie alles tat, um auszuruhen. Nach zwei Stunden setzte sie sich aufrecht auf den Beifahrersitz und glotzte durch die Frontscheibe. Wladimir bemerkte, dass Kospania nicht schlief, pfiff leise und bedeutete, sie solle zu ihm nach hinten in die Kajüte steigen.

Sie tat erst, als höre und bemerke sie ihn nicht, dann stupste sie der LKW-Fahrer an.

»Komm, wir machen es uns gemütlich.« Die Aufforderung beschleunigte den Herzschlag, ihr Puls stieg auf 180 Schläge pro Minute. Was der Typ unter »gemütlich« meinte, malte ihr Kopfkino reich bebildert aus. Aber: Warum sollte sie ...? Sie hatte auch Bedürfnisse nach körperlicher Nähe, die letzten Zärtlichkeiten ihres Mannes waren lang her. Ob Homza je wieder ... Und hier will ein Mann Nähe, vielleicht auch mehr. Wenn er mit ihr Sex haben wollte, wie verhielt er sich? Vergewaltigte er sie? Allein der Gedanke erschauderte sie. Das wollte sie auf keinen Fall, schreiend und fuchtelnd auf zwei Quadratmetern mit zerfetzten Klamotten wimmern und jammern. Außerdem schlief Mhamzov, den sie unter keinen Umständen aufwecken wollte. Sie gab dem Wunsch des Fernfahrers – war es nur seiner? – nach und stieg vorsichtig nach hinten. Sie schaute dem lächelnden Gesicht tief in die Augen, in der Hoffnung, er würde ihr nichts antun und am liebsten friedlich ein paar Augenblicke mit ihr verbringen. Einerseits hasste sie Schuldgefühle diesem Mann gegenüber, weil er sie und Mhamzov tausende Kilometer durch die Steppe chauffierte und kein Geld verlangte. Irgendwie erschien es nachvollziehbar, wenn er dafür eine Gegenleistung erwartete. Andererseits spürte sie einen tiefen Gewissensbiss, wenn sie dem sexuellen Begehren nachgäbe und dadurch ihrem alles geliebten Ehemann, dem sie lebenslange Treue geschworen hatte, mental oder sogar faktisch untreu würde. Apropos lebenslang: Lebte Homza überhaupt noch? Viel lieber läge sie in dessen Armen und würde sie streicheln lassen, aber weit und breit und wochenlang hatte sie von dem Traumgatten nichts gesehen und gehört. Sie hatte verdammt nochmal das Recht, an ihre eigenen Bedürfnisse und an ihre und die Zukunft von Mhamzov zu denken. Sie wunderte über sich selbst, sie ließ sich mit einem wildfremden Mann ein, wurde intim mit ihm, was nur ihrem Mann gebührte. Sie kam sich allein bei dem Gedanken schmutzig vor, nuttig. Sie gestattete plötzlich jene innige Nähe einem ihr völlig unbekannten Mann, der sie und den Jungen zwar mitgenommen und Nahrung spendiert hatte, aber durfte sie als Gegenleistung nicht ihre Gesellschaft in die Waagschale werfen, die sie und der Kleine dem ansonsten einsamen Steppenwolf auf sechzehn Rädern leisteten? Reichte die Tatsache, ihm eine bittere Einsamkeit zu ersparen, nicht als Tribut? Das Gedankenkarussell drehte seine Bahnen, wie es wollte, Kospania verlor nicht nur die Kontrolle darüber, ihr entglitt der Überblick über ihre eignenen Grundsätze.

Wladimir zerbröselte die Vorurteile, die Kospania die ganze Zeit über ihn hatte, quasi zwischen den Fingern. Nein, er war nicht der brutale, sexsüchtige Gangster, der wildfremde Fahrgäste vergewaltigte. Er sehnte sich nach körperlicher Nähe und intimen Zärtlichkeiten. Zum Geschlechtsverkehr war er schlichtweg zu müde. Er küsste Kospania, sie erwiderte zart. Sie liebkosten die Körper des anderen, auch die Genitalien. Weiter gingen sie nicht. Der rauborstige, vom Schicksal des einsamen Fernfahrers gezeichnete Wladimir besaß so viel Anstand, um zwar bis an die Grenzen des moralisch Akzeptierten zu gehen, nicht aber darüber. Dadurch gewann er restlos die Sympathien Kospanias, was sich auf die verbesserte Atmosphäre im Fahrzeug auswirkte.

Mhamzov erwachte gegen sechs Uhr. Müde blickte er drein und schrie laut: »Wo bin ich?«

Kospania kletterte im Nu nach vorne und nahm vorsichtig und sanft ihren Sohn in den Arm: »Schatz, keine Angst, ich bin bei dir.«

Wladimir zog sich wieder an, setzte sich an das Lenkrad, startete den Motor und wartete, bis alle Checks auf „grün" standen. Flugs steuerte er das Fahrzeug vom Parkplatz, zwinkerte Kospania lächelnd zu, wie Komplizen, die ein Geheimnis stolz bewahrten und es für sich behalten wollten. Mhamzov bekam Hunger, seine Mutter reichte ihm Trockenkekse und einen Schluck Wasser, mehr konnte sie ihm an diesem Tag nicht geben – es genügte. Ab und an huschte Brzezinski ein Lächeln über das Gesicht, das Kospania auf gleiche Art erwiderte. Die gute Laune wechselte mit Melancholie, die durch schwermütige Gedanken an den vermissten Gatten geprägt wurden. Die vergangene Nacht nagte an ihrer Seele, obwohl sie die Nähe sehr genoss.

Homzas ungewisses Schicksal ließ sie unruhig. Wie gerne würde sie es begrüßen, wenn sie, der Kleine und ihr Ehemann wieder vereint in ihrem kleinen, wenn auch brüchigen Häuschen in Tschetschenien hausen dürften, friedlich miteinander leben könnten, den Mitmenschen Freunde sein dürften. Und jetzt? Was stand ihr und vor allem Mhamzov bevor? Würde sie ihren geliebten Mann je wiedersehen und in die Arme schließen können? Quälende Ungewissheit, trotz der neu erfahrenen Mitmenschlichkeit eines russischen Fernfahrers, der ihr Steigbügelhalter in die unsichere Zukunft sein würde. In der Nacht, gegen dreiundzwanzig Uhr überfuhr der Truck die Stadtgrenzen von Lviv, die Lemberg auf deutsch heißt. Wladimir blickte seiner Mitfahrerin noch einmal tief in die Augen. Er würde sie vermutlich nie wiedersehen. Zielsicher steuerte er den Fernbusbahnhof an. Ohne zu fragen, ging er davon aus, dass die beiden Tschetschenen Richtung Deutschland wollten. In Lviv gab es eine Fernbuslinie nach Warschau und weiter nach Stuttgart. Für fünfzig Euro kam man in das gelobte Land. Er wusste, in seinem Geldbeutel lagen siebzig Euro. Die er für sein Wohlergehen benötigte. Den Sprit bezahlte er aus einer anderen Kasse. Er hatte einen genauso langen Rückweg vor sich, also ungefähr drei Tage. Sollte er Kospania das Geld schenken? Ja, entschied er.

»Hier, ich gebe dir fünfzig Euro. Damit kommst du mit dem Jungen nach Deutschland.«

Kospania war baff. Ihr blieb die Spucke weg. Sie unterstellte ihrem Edelmann und Chauffeur, dass er nur sehr wenig eigenes Geld besaß, das er als Spesen für seine Bedürfnisse brauchte. Wladimir erwies sich zum dritten Mal als selbstloser Gönner: Erst nahm er die beiden auf, dann spendierte er ihnen Nahrung und jetzt die Reise ins mögliche Glück.

»Wladimir, das kannst du nicht machen, mir, das heißt, uns, dein Geld zu geben. Behalte es für dich, du brauchst es auch.«

»Nimm es, ich weiß, was ich tue.« Und sprang aus dem Führerhaus, öffnete die Beifahrertür, damit die beiden aussteigen konnten. Er stemmte das Gepäck der beiden aus dem Fahrzeug, gab dem Kleinen die Hand und sagte: »Machs gut, kleiner Mann und pass auf die Mama auf.« Kospania drückte er fest an sich, küsste sie auf die Wange und meinte: »Danke, du hast mir ein Stück meiner Würde gegeben. Machs gut und alles Gute in der Zukunft.« Er drehte sich um und fuhr zur Zielstation, wo er die Lebensmittel ablud.

Kospania und Mhamzov trotteten mit dem Gepäck zur Bushaltestelle, suchten einen geeigneten Fernbus, lösten das Ticket und kauften an einem Billig-Kiosk Reiseproviant für eine nochmal so lange Reise nach Deutschland. Immer noch hingen Kospanias Gedanken an Homza, den sie stark vermisste. Rational versuchte sie, jeden Gedanken an den Mann zu verdrängen. Die Nacht mit Wladimir verdeutlichte ihr, wie sehr das Hängen an der Vergangenheit eine Zukunftsgestaltung erschwerte, vielleicht unmöglich machte. Sie durfte die Lebensplanung nicht von der Frage, ob Homza lebte oder nicht, abhängig machen. Ihr Leben und das von Mhamzov ging weiter.

Die Reisetortur fand am dritten Tag nach der Abreise in der Ukraine ihr vorläufiges Ende. In Stuttgart fanden die Flüchtenden eine vorläufige Unterkunft in einer Jugendherberge. Dort übernachteten Mhamzov und Kospania, am folgenden Tag suchten sie die Behörden auf, damit ihr Leben auf einer neuen Grundlage fußte. Friedlich und außer jeglicher Lebensgefahr.

Sie beantragten einen deutschen Pass. Kospania vermochte ihre deutsche Abstammung nachzuweisen. Ihre Großeltern mütterlicherseits waren nach dem Ersten Weltkrieg verschleppt worden – erst nach Sibirien, bis sie in den dreißiger Jahren des vergangenen Jahrhunderts in Tschetschenien sesshaft geworden waren. Das erleichterte das Procedere des Ankommens und der Eingliederung ungemein. Beiden wurden neue Identitäten, das heißt, neue Namen verpasst: Kornelia und Markus Walter. Den Nachnamen übernahmen sie von den vertriebenen Großeltern. Als Deutsche nach dem Vertriebenengesetz genossen sie bestimmte Privilegien, zumindest betrachteten die Einheimischen die Behandlung der deutschstämmigen Leute aus der ehemaligen Sowjetunion als solche. Die offizielle Seite rechtfertigte die besondere Behandlung als Ausgleich für erlittenes Unrecht.

Wie dem auch sei, Kornelia und Markus bezogen mit ihren Habseligkeiten eine möblierte Dreizimmer-Wohnung in Wildberg. Da sie mittellos waren, übernahm das Sozialamt die Kosten für den Lebensunterhalt und die Miete. Selbstverständlich suchte Kornelia die Agentur für Arbeit auf, die relativ schnell – nach drei Monaten – eine Stelle als Produktionshelferin vermittelte. Zusammen mit dem Kindergeld kamen die Walters gerade so um die Runden. Luxusausgaben oder Kapitalbildung kamen nicht in Betracht – bei gerade 967 Euro monatlich. Die Beschäftigung gab Kornelia aber die durch den Krieg gegen die Russen gewaltsam verlorengegangene Würde zurück, da sie es schaffte, aus eigener Kraft sich und den Jungen zu ernähren. Darauf war sie mächtig stolz.

In der Zeit, in der sie gearbeitet hatte, spielte Markus mit anderen Kindern in einer Kindertagesstätte. Tagsüber genoss er deren Vorzüge wie warmes Essen, menschliche Zuwendung und soziale Kontakte. Er verstand die deutsche Sprache recht schnell. Er trat in dem besten Alter in die Betreuungseinrichtung ein, denn mit vier Jahren lernt der Mensch am leichtesten neue Sprachen. Das vordergründig

Wertvollste, das die Erzieherinnen ihm schenkten, musste man im Vergessen der traumatischen Erfahrungen im Heimatland und des vermissten Papas sehen. Er fragte nicht einmal nach dem geliebten Vater. Ob er ihn schon vergessen hatte? Er redete kaum noch von ihm, besaß ein bestens ausgeprägtes Talent, in den unpassendsten Augenblicken Homza zu erwähnen. Er dachte an den Papa, wenn der Gedanke ihn beschäftigte oder er traurig zu Hause saß und seine Mutter in ihren glücklichen Momenten als unerträglich empfand. Er unterstellte ihr, dass sie seinen innigst geliebten Papa bereits vergessen hatte. Der Vorwurf ging fehl. Im Gegensatz zu ihrem Sohn kapierte Kornelia, dass man nur dann eine vernünftige Zukunft zu gestalten vermochte, wenn man eine belastende Vergangenheit aus dem Leben verabschiedete. Sie beab-sichtigte, weder Homza zu vergessen noch den Rest des Lebens zu vertrauern. Dazu bekäme sie noch viele Gelegenheiten, jetzt galt es, die Zukunft in die Hände zu nehmen.

Oberst Grykov wirkte von den permanenten Fragen des Gefangenen Kabulatov völlig entnervt. Mit Höflichkeiten oder verständnisvollem Entgegenkommen konnte er den neugierigen Homza nicht verjagen. Wie eine Klette hing der Tschetschene an dem russischen Befehlshaber und bombardierte ihn mit Fragen. Homza vergaß offensichtlich die situative Hackordnung und die Rollenverteilung. Er hatte zu gehorchen, die Befehle der Russen zu befolgen. Fragen beantwortete Grykov nur, weil er ein wenig Mitleid mit dem Familienvater aufbrachte. Aber nun war Schicht im Schacht, der Oberst hatte die Geduld aufgebraucht. Jetzt musste er handeln. Den Tschetschenen einfach umzulegen, wäre ihm übertrieben, schäbig und ungerecht vorgekommen. Er sollte eine Lektion bekommen, aus der er seine Lehren ziehen sollte. Grykov, der menschliche Züge demonstrierte, hätte das Experiment lieber sein gelassen.

Er forderte Kabulatov auf, ihn in den Wald zu begleiten. »Schau mal, was dort mit solchen Männern, wie du einer bist, gemacht wird.« Ein brutaler Schrecken fuhr Homza in die Glieder. Schock und Wut überfielen den Anführer der kleinen tschetschenischen Widerstandsgruppe.

Sofort schwor er Rache dafür, dass die Russen seine Mitstreiter aufknüpften wie geschossene Hasen. Einen nach dem anderen hängten sie an die Galgen.

Grykov wollte seinem Widersacher nur verdeutlichen, was mit ihm geschehen würde, falls er ihn weiterhin mit philosophischen Fragen löcherte. Solche, die in das Intimleben des Oberstes hineinreichten. Sein Adrenalinspiegel erreichte ein gigantisches Volumen.

Instinktiv ließ Homza sich auf dem Rückweg fallen. Er blutete an den Händen, so dass Grykov ihm die Handschellen abnehmen musste. Dabei entriss Homza ihm die Pistole, die mit einem Schalldämpfer ausgestattet war, hielt sie an den Kopf des Russen und drückte ab. Grykov fiel wie ein Stein um und war sofort tot.

Homza wurde zum Mörder und blieb cool. Er legte kaltblütig den Mann um, der ihm bislang Schutz gewährt hatte. In seiner Lage ließ ihn die Schuldfrage völlig kalt. Im Gegenteil: Er schnappte sich den Autoschlüssel des Toten, zog dessen Kleidung über seine und trat unerkannt den Rückmarsch an. Da Kabulatov wusste, wo das Fahrzeug des Oberst stand, nämlich an einer uneinsehbaren Waldlichtung, konnte er unerkannt fliehen. Erst am anderen Morgen – nachdem die Russen ihre Hinrichtungen abgeschlossen hatten – kam einer auf die Idee, nach Kabulatov zu fragen. Niemand wusste, wo er abgeblieben war und zwei Stunden später entdeckte ein Leutnant den toten Grykov.

Dann wurde den Russen bewusst, dass es zwischen dem Fehlen von Homza und dem Tod des Obersten einen Zusammenhang geben musste. Urus-Martan lag eine halbe Stunde mit dem Auto vom Tatort entfernt. Der engste Mitarbeiter Grykovs raste wie von der Tarantel gestochen in Richtung des Heimatortes Kabulatovs. Man wusste noch, wo dessen Haus stand, doch vom Mörder war weit und breit nichts zu sehen. Auch Drohungen gegenüber der Bevölkerung des tschetschenischen Dorfes verfehlten ihre Wirkung, denn die Leute konnten tatsächlich nicht wissen, wo Kabulatov sich aufhielt.

Homza dachte klug nach und kam rasch auf die Idee, wie ungünstig es käme, nach der Bluttat in die eigenen vier Wände zu gehen und zu warten, bis die Russen ihn meucheln würden. Von der Großmutter hatte er in den Jugendjahren eine interessante Info bekommen: Im Wald hatten sie in einem schwer einsehbaren Eckchen eine kleine Hütte gebaut, wo man für kurze Zeit Unterschlupf finden konnte. Unverderbliche Lebensmittel hatten dort gelagert, natürlich nur in kleinen Mengen.

Für einen Tag würde es reichen, dann wollte Kabulatov außer Blickweite sein. Die russischen Soldaten fahndeten auf Hochtouren nach dem Mörder ihres Befehlshabers. Das waren sie ihm als Soldaten, aber auch als Mensch schuldig. Grykov hatte in der Truppe hohes Ansehen genossen, insbesondere, weil es ihm in brenzligen Situationen gelungen war, menschliche Züge durchblicken zu lassen und einen kühlen Kopf zu behalten. Sie stellten die etwa vierzig Baracken des Kaffs auf den Kopf und zeigten sich brutal und derb den unschuldigen und unwissenden Menschen gegenüber. Woher sollten sie wissen, wo Kabulatov gerade lebte? Sie meinten, er kämpfe an der Front gegen die Russen. Diese bestätigten, dass dem nicht so war. Die Hütte kannte niemand im Dorf, noch machte sie jemand als möglichen Unterschlupf für den flüchtigen Mörder aus. Nach einem Tag übelster Rachewut erkannten die Russen die Sinnlosigkeit einer weiteren Suche und fuhren zu dem Camp zurück, das sie nach den als Säuberungsaktionen verbrämten Hinrichtungen im Grunde auflösen konnten.

Oberst Grykov wurde von der russischen Luftwaffe abgeholt und in dessen Heimatort, ausgestattet mit allen Ehrungen, beigesetzt. Dessen Familie trauerte in tiefer Fassungslosigkeit. Der russische Staat sicherte den Hinterbliebenen die größtmögliche Fürsorge zu. Die kriegerischen Parteien verhandelten miteinander, eine einvernehmliche Lösung schien in weite Ferne gerückt.

Eine Nacht zu bleiben, musste reichen, dachte Homza. Im Gegenteil: Je schneller er außer Landes kam, desto größer stiegen seine Überlebenschancen. Das Fluchtfahrzeug musste er an Ort und Stelle lassen. Er tarnte es mit Reisig und deckte es vollkommen zu, damit man von der Ferne den Jeep übersehen würde. Er trat die Flucht in der Nacht zu Fuß an. Ein Weg am Dorf vorbei; es konnte sein, dass ihn jemand sonst erkennen und verpfeifen würde. Jetzt hieß es, kühlen Kopf bewahren. Alle Schritte, jeder Gedanke mussten bestens überdacht werden. Ein Fehler – und ihm erginge es wie Grykov. Nicht nur er vermochte Gegnern das Leben zu nehmen, andere könnten das mit ihm ebenso tun. Im Dschungel wie im Krieg galt das Gesetz des Stärkeren. Und fressen und gefressen werden. Dem Naturgesetz konnte niemand entkommen. Auch er nicht!

Er schätzte den vor ihm liegenden Fußmarsch auf etwa vier Stunden. Er vermied jeglichen Kontakt zu anderen Personen, nicht mal Kospania und Mhamzov rief er an und berichtete von seinem Schicksal. Er vermutete die beiden in Deutschland, er würde ihnen hinterherreisen, so der Plan. Eines Tages würde er den Kleinen und seine Ehefrau in den

Arm drücken dürfen und sie liebkosen. Diese Vorstellung trieb ihn an, er wusste, in etwa zehn Kilometern befand sich eine günstige Stelle, um als Anhalter mitgenommen zu werden. In die Freiheit. Jene kleine Haltebucht, an der auch seine Lieben eine Mitfahrgelegenheit gefunden hatten. Genau dorthin trieb es ihn in der Dunkelheit. Hunger unterdrückte er, für den Durst schöpfte er aus der neben der Waldhütte plätschernden Quelle Wasser und befüllte damit seine Flasche, die er bei den Kämpfen trug. Die Trockennahrung, so die Überlegung, würde ihn für eine Woche sättigen. Diese Zeitspanne würde er auf alle Fälle benötigen, um in Deutschland anzukommen.

Morgens um sieben in der diesigen Morgendämmerung erreichte er erschöpft den avisierten Platz. Die erste halbe Stunde saß er einfach nur da, ohne sich um die vorbeifahrenden Autos zu kümmern. Dann raffte er sich auf, hob den rechten Daumen und hoffte auf eine gute Seele, die ihn einfach nur mitnähme. Mehr musste sie nicht tun.

Es vergingen gerade mal zehn Minuten. Ein LKW bremste ab, Homza packte den Krempel, rannte zum Fahrzeug, öffnete die Türe und stieg ein. »Hallo, schön, dass Sie mich mitnehmen!«

»Wo soll es denn hingehen?«

»Weg, einfach nur weg. Wenn Sie in die Ukraine fahren, das wäre super. Von dort kann ich weiterreisen.«

»Sie haben ein Schweineglück. Ich fahre nach Lviv.«

Homza strahlte wie ein Kind, das an Weihnachten das Wunschgeschenk in Händen hielt und einfach nur glücklich war.

In der noch anhaltenden morgendlichen Dunkelheit übersah der Fahrer des LKW zunächst die Kleidung des Fahrgastes. »Mist, ich habe einen Soldaten aufgeladen, der bestimmt auf der Flucht ist.« Den Brummifahrer wunderte sowohl die Militärkleidung, aber noch mehr, dass der Träger der russischen Klamotten verdammt schlecht russisch sprach. Das machte Homza in den Augen des Chauffeurs verdächtig.

Die Misslichkeit lag in Homzas tragischer Vergesslichkeit. Er hatte sich nicht der Kleidung Grykovs entledigt, sondern sie in der Hütte anbehalten, darin geschlafen und war damit losgewandert.

Darunter trug er die zu ihm besser passende tschetschenische Kleidung der kleinen Widerstandsgruppe, deren Anführer er hatte sein dürfen.

»Und Sie? Was machen Sie in Lviv?«, begann der tschetschenische Soldat ein quälendes Gespräch.

»Ach, ich fahre zweimal im Monat diese Strecke, in Lviv lade ich Lebensmittel ab.« Der Fahrer stotterte offenbar, verhielt sich merkwürdig und es fiel ihm schwer, längere als Drei-Wort-Sätze zu bilden. Homza begriff im Nu die schwierige Lage. Ihm genügte die pure Mitfahrgelegenheit, an tieferen Gesprächen mit dem Kapitän der Landstraße besaß er zunächst ein nur geringes Interesse. Das rhythmische Fahrgeräusch, das durch die unebene Straße verursacht wurde, versetzte ihn in einen Schlummerschlaf.

»Gott sei Dank pennt der Typ.« Begeisterung sah entschieden anders aus. Der Brummifahrer zeigte oft Hilfsbereitschaft und nahm Tramper gerne mit. Er genoss deren Gesellschaft. Wenn jemand ihn begleitete, sank die Gefahr, von »Kollegen« überfallen oder aufdringlich angebettelt zu werden. Das waren in der Regel junge Menschen, die was von der Welt sehen wollten. Zuletzt eine Frau mit Kleinkind, die nach Deutschland reisen wollten. Aber der Typ? Ein Soldat in russischen Militärklamotten, ohne einen korrekten russischen Satz zu formulieren, wie der in der aktuellen Lage wirkte? Plötzlich kam ihm eine Radiomeldung in den Sinn. Vor zwei Tagen, er war gerade vom Hof seiner Firma gefahren, hatte er im russischen Staatsradio die Meldung gehört, dass Oberst Grykov an der tschetschenischen Grenze gemeuchelt worden war. Und neben ihm schnarchte mittlerweile ein Typ in Uniform, an der mannigfache Orden hingen. Allmählich dämmerte dem naiven LKW-Fahrer, wer neben ihm saß. Doch sollte er ihn ans Messer liefern? Womöglich besaß der eine Waffe und würde ihn abschlachten. Er traf die einzig richtige Entscheidung und tat so, als ob er ahnungslos wäre. Die Angst kroch unter seine Haut. Schweißperlen bahnten sich einen Weg über die Stirn den Oberkörper hinunter. Auch die Innenseiten der Hände wurden feucht. Die ihm völlig fremde Furcht, was der tief schlafende Mann auf dem Beifahrersitz im Schilde führte und auf dem Gewissen hatte, beherrschte sein Denken. Am liebsten hätte er bei Tempo 100 km/h die Türe per Knopfdruck geöffnet und ihn aus dem Führerhaus geworfen. Aber damit stünde er auf derselben moralischen Stufe wie der Soldat, und das lehnte er strikt ab. Voll konzentriert auf die Straße steuerte der Chauffeur den Vierzigtonner souverän über die Lande und noch nie hatte er das Ziel so herbeigesehnt wie jetzt. Er beobachtete mit einem halben Auge den Beifahrer und war geschockt wegen der Alpträume, die den Soldaten gepackt hatten. Der brabbelte etwas von »Scheißkerl, dir blase ich dein Hirn aus«, was, die der Brummikapitän sehr ernst nahm. Sechs

Stunden schlief Homza im Lastwagen, bis er, wie vom Blitz getroffen, die Augen aufriss und den Nebenmann anschaute.

»Wo bin ich? Wer sind Sie?«

»Wladimir Brzezinski, ich bin LKW-Fahrer, wir befinden uns drei Stunden vor Lviv.«

»Ich bin Homza.«

Langsam, aber sicher, ermüdeten die Augen Brzeziniskis. Wegen der anzunehmenden Gefahr durch Homza legte der LKW-Lenker keine Pause ein. Doch er überschätzte seine eigene Fitness, bemerkte den einen oder anderen Sekundenschlaf. Aber er sah, auch wenn das Fahrzeug seitlich mehrfach ausbrach, keinen Grund, eine Pause einzulegen. Die hupenden Fahrzeuge hinter oder neben ihm, weckten ihn wiederholt auf.

Homza brüllte ihn an: »Mensch, pass auf, wohin du fährst.«

Alles nützte nichts. Plötzlich schlief Brzezinski vollständig ein. Homza versuchte, noch einzugreifen, es gelang ihm nicht.

Der LKW raste frontal gegen einen Baum neben der Fahrbahn - zwei Männer fanden den Tod.

Die Identität des Fahrers konnten die herbeigerufenen Polizisten schnell aufklären, bei Homza aber taten sich Schwierigkeiten auf. Er besaß einen tschetschenischen Pass unter den vielen Militärkleidern, die er anhatte. Und versteckt in einer Innentasche fanden die Polizisten eine Handynummer: die von Kospania.

Drei Tage später erreichten sie die Witwe – in Deutschland – und teilten ihr kurz und kühl den Tod ihres Mannes mit. Sie lief gerade auf dem Gehsteig nach Hause, als sie dieser Schock mitten ins Herz traf. Die Information behielt sie zunächst für sich – Markus sollte erst vom Tod des geliebten Vaters erfahren, wenn er danach fragte und alt genug war, Schocks und Verluste zu ertragen. Er wirkte immer noch fragil und zart und blühte gerade erst im Kindergarten auf.

Der Versuch eines Neuanfangs

Katharina Dommel, Irene Käfer und Johannes Meyerling hatten diesen Augenblick gefürchtet. Alles, nur das nicht, wollten sie als Neustart nach dem missglückten Landschulheimaufenthalt auf Sylt. Rektor Scholter bestellte die drei verantwortlichen Lehrkräfte vor Unterrichtsbeginn um halb sieben in sein Dienstzimmer zum Rapport.

»Schön, dass Sie alle pünktlich erschienen sind. Wir hatten alle keine schöne Woche. Wie sehen Sie den Aufenthalt in Sylt?«

Andy@Klasse: Ihr seid entspannt, wenn Mobbel reinkommt. Nicht provozieren. Alles cool.

»Nun, wenn ich beginnen darf«, räusperte sich Dommel. »Ich bin ja schließlich die Klassenlehrerin, die Hauptverantwortliche und damit diejenige, die für die Vorkommnisse geradestehen muss.«

»Das gilt für die ersten drei Tage, danach übernahmen Herr Meyerling und ich die Verantwortung«, warf Irene Käfer ein.

»Frau Dommel, bitte, Sie haben das Wort«, ordnete Scholter das Gespräch.

»Es gab kleine Hinweise auf der Busfahrt, dass Markus Wolter gemobbt wurde. Das rechtfertigte indes nicht, dass er später im Landschulheim derart ausrastete.«

»Moment«, ging der Referendar energisch dazwischen, »wenn man dir Müll in deine Tasche kippt und dich dann als Stinkmorchel beschimpft, würdest du auch ausrasten.«

»Das steht jetzt wohl nicht zur Debatte. Markus hätte andere Möglichkeiten gehabt. Vor allen Dingen war mit ihm abgesprochen, dass in solchen Fällen wir beide seine Ansprechpartner wären. Er meldete sich weder bei Herrn Meyerling noch bei mir. Wir wurden erst auf die Lage aufmerksam, als René schreiend im Zimmer am Boden lag und Markus seine Sachen packte und abhaute.«

»Und warum schalteten Sie dann nicht die Behörden ein? Wenn ein Schüler abgängig ist und emotional aufgelöst durch einen wildfremden Ort tigert, haben Sie die Polizei einzuschalten. Da beißt die Maus keinen Faden ab.«

Scholters Meinung ließ keine Zweifel offen, dass Dommel sich falsch verhalten hatte.

»Ich vermutete, Markus würde sich wieder einkriegen und bald zurückkehren.Dass er länger verschwinden würde, konnte ich zu diesem Zeitpunkt kaum abschätzen.«

»Als er am Morgen danach immer noch nicht aufgetaucht war, spätestens dann hätten Sie die Polizei einschalten müssen.«

Scholter hatte Recht. Und er schmierte der jungen Kollegin das Fehlverhalten unter die Nase.

Und langsam akzeptierte sie, dass sie falsch gehandelt hatte.

»Und nun zu Ihnen, Frau Käfer. Es war sehr lobenswert, dass Sie Frau Dommel abgelöst haben. Wieso konnten Sie diese Furie Frau Walter nicht zurückhalten?«

»Ich habe volles Verständnis für Frau Walter gehabt. Warum sollte ich Sie unbedingt daran hindern, auf Sylt nach ihrem Sohn zu suchen?«

»Deren Verhalten verschärfte die Lage zusehends. Eine emotional aufgeladene Mutter bringt den kompletten Betrieb durcheinander und hilft weder Ihnen noch der Polizei.«

»Also Herr Scholter, mit Verlaub, ich bitte Sie, bleiben Sie auf dem Teppich«, wehrte Irene Käfer die Anschuldigungen des Vorgesetzten ab, »wenn Ihr Kind vermisst würde, wären Sie der Erste, der auf der Matte stünde und Ärger machte.«

Damit traf Irene Käfer den Nagel auf den Kopf. Scholters Belastungseifer suchte nur nach einer schuldigen Person, die er offensichtlich dringend brauchte. Er biss auf die Lippen, als seine Strategie fehlging.

Er überlegte, wann der richtige Moment gekommen wäre, um die Katze aus dem Sack zu lassen, lange warten wollte er damit nicht.

»Da wäre noch etwas«, sorgte er für die weitere Anspannung der Gemüter der Gesprächsrunde, »ich habe hier Arztrechnungen und Anwaltsbriefe erhalten.«

Die Kolleginnen und der Referendar blickten einander ratlos an.

»Was haben wir damit zu tun?«, erkundigte sich Meyerling vorlaut.

»Ich denke, eine Menge, Herr Meyerling«, entgegnete Scholter, »das sind zum einen die Behandlungskosten für René Schuster und zum anderen der Brief von dessen Anwalt, in dem unmissverständlich Schmerzensgeldforderungen erhoben werden.«

Den Lehrerinnen und dem Referendar ging immer noch nicht ein, was der Schulleiter ihnen damit sagen wollte.

»Wenn jemand der richtige Adressat der Forderungen von René Schuster ist, dann doch Markus Walter und dessen Eltern. Ich muss mir nichts vorwerfen lassen.«

»Muss ich deutlicher werden? Gut, dann werde ich es so darlegen, dass auch Sie es kapieren«, reagierte Scholter beleidigt wie wütend. »Ich sehe es nicht wie Sie. Auf einer Klassenfahrt übernehmen die Begleitlehrer die Aufsichtspflicht der Eltern. Passiert einem Schüler etwas, muss geprüft werden, ob die Lehrer alles getan haben, um das Geschehen zu verhindern. Sie haben das nicht, im Gegenteil: Sie hätten niemals die drei Schüler, von denen Sie gewusst hatten, dass es Probleme mit ihnen gab, in ein Zimmer legen dürfen. Der Ärger schien vorprogrammiert. Außerdem haben Sie ein zweites Mal gegen Ihre Aufsichtspflicht verstoßen, als Sie nicht umgehend reagiert hatten, als der Täter abhaute. Seien Sie froh, wenn Ihnen die Mutter keinen Ärger bereitet. Tut mir Leid, ich kann Sie kaum schützen, Sie müssen schauen, wie Sie den Ärger vom Hals bekommen.«

Jetzt war ihnen klar, was Scholter von den beteiligten Lehrkräften wollte: Er suchte die Dummen, auf denen er den Dreck abladen konnte. In erster Linie standen Dommel und

Meyerling in der Schusslinie, an Irene Käfer ging der Kelch vorüber.

»Kopf hoch, der Scholter braucht nur Leute, auf denen er seinen Ärger abladen kann«, erklärte Irene Käfer draußen den Kollegen das Verhalten Scholters. »Sollte es hart auf hart kommen, rate ich dir zu einem Anwalt. Den brauchst du dann dringender als Nahrung.«

»Guten Morgen«, begrüßte Dommel ihre Klasse, stellte ihre Tasche neben das Lehrerpult und tat geschäftig. Sie blickte in die Klassengemeinschaft und registrierte Vollzähligkeit. Alle im Raum starrten auf sie, anschließend auf den, den sie nur noch »Mobbel« riefen. Minutenlange Stille, anscheinend benötigten alle einen Moment der Ruhe, um sich sammeln zu können. Sie forderte einen Sitzkreis, den sie moderierte.

»Wir müssen über das Landschulheim reden, vor allen Dingen, was wir daraus lernen.«

»Es wäre ein wunderbares Event geworden, wenn Mobbel gefehlt hätte,« brüllte René in die Runde. Alle, bis auf zwei, prusteten laut raus und sekundierten. Die Stimmung heizte sich schon auf. Andy kam die Provokation ungelegen, hatte er vor dem Unterricht doch alle aufgefordert, geschmeidig abzuwarten, was Dommel vorhatte. Deswegen warf er René einen missbilligenden Blick zu. Mobbel tat, als ob er unberührt bliebe. Innerlich kochte er, aber der Kopf steuerte ihn. Einen wiederholten Ausraster wollte er auf alle Fälle verhindern. Die Klasse durfte nicht eine weitere Gelegenheit erhalten, ihn fertigzumachen und sich an seinem Leid aufzugeilen.

Die Provokation Renés stellte Frau Dommel vor große Probleme. In ihrer Naivität war sie von einer Beruhigung innerhalb der Klassengemeinschaft ausgegangen. Es lagen zwei Tage zwischen der Rückkehr und dem Unterrichtsbeginn. Sie blendete aus, was Scholters eigentliches Anliegen war, dass er mit den Eltern friedlich weiterwursteln durfte. Sie vergaß die massiven Forderungen der Eltern Renés, die ihr wie ein unbeschriebenes Blatt vorkamen, auf bisherigen Elternabenden durch Abwesenheit geglänzt hatten.

»Es geht heute um eine Aufarbeitung als Klasse. Ohne vorherige Vorkommnisse hätte Markus keinen Grund gehabt, so auszurasten, meint ihr nicht auch?«

Schweigen im Walde. Andy fielen die Mobbingattacken auf der Raststätte ein. Alle merkten, dass er noch etwas loswerden wollte, sich aber noch nicht traute. Zwei gefühlte Ruheminuten genügten, dann:

»Ich habe eingesehen, dass es richtig blöd von mir war, dich zu ärgern, tut mir leid«, fand der Klassensprecher entschuldigende Worte, die Markus mit einem leichten, verhuschten Lächeln registrierte.

René äußerte aufgebracht: »Ich entschuldige nichts. Er hat mir sehr weh getan, meine Eltern haben schon ein Schreiben an die Schulleitung geschickt. Dann wird Mobbel sein Fett wegbekommen. Wenigstens ein Weg, damit der Fetti schlank wird.«

Über den wenig originellen Witz lachten nur die einfältigen Mitschüler, die anderen schwiegen betreten. Dommel stierte in Richtung Mobbels, der die Situation und den Wunsch der Lehrerin missverstand. Er schwieg weiter hartnäckig.

»Möchtest du auch noch was sagen?«, forderte Dommel Mobbel auf, sie hob dessen Nase auf den stinkenden Flecken. Immerhin hatte er seinen Beitrag dazu geleistet, dass der Aufenthalt auf Sylt zum Desaster geraten war. Aber Kornelia, die Mutter, hate ihm streng befohlen, den Mund zu halten. Er hielt sich an die mütterliche Anweisung. Sie müsste die Konsequenzen ebenfalls ausbaden.

Auch die Aufforderung, sich zu entschuldigen, lehnte Mobbel ab. Seine seelische Verklemmung, seine Unsicherheit hinderten ihn an einem klaren Bekenntnis zu seiner Verantwortung. Er spürte nur seinen Schmerz, den gekränkten Stolz, dass er als kriegstraumatisiertes Kind auf so viel Ablehnung traf. Dies stand mauerhoch zwischen der Klasse und Mobbel. Die Steilvorlage Andys, ihm zu signalisieren, man wolle mit ihm einen Neuanfang, schlug kläglich fehl. So interpretierte es auch Dommel, die verzweifelt und sichtlich genervt den Stuhlkreis nach einer Viertelstunde auflöste.

»Schade, Markus, dass du das Zeichen Andys ungenutzt hast vorbeiziehen lassen. Du hast dir heute noch mehr Sympathien verscherzt.«

Als die Pädagogin diesen unbedachten Satz äußerte, war Mobbel innerlich weggetreten, weit weg.

Ratlos begann Dommel ihren Fachunterricht, in der Gewissheit, dass der Konflikt in der Klasse und vor allen Dingen derjenige mit den Eltern Schuster erst noch bevorstünde. Ihr Herz schnürte ihr den Atem weg, sie öffnete ein Fenster und holte tief Luft.

Retten, was zu retten ist

»Verdammt, ich werde wahnsinnig«, brummelte Katharina Dommel, als sie nach der Unterrichtsstunde ins Lehrerzimmer eintrat. »Die Klasse hat versucht, dem Markus eine Brücke zu bauen, aber der stolze Gockel verweigert jegliches Entgegenkommen«, gab sie die Erlebnisse verzerrt wieder.

»Ich gebe dir trotzdem einen Rat«, flüsterte Irene Käfer, »häng das Ding mit deiner Klasse nicht an die große Glocke. Nimm einen Anwalt. Den brauchst du jetzt.«

»Meinst du wirklich?«, hakte Dommel nach.

»Scholter fällt dir in den Rücken, insbesondere wenn Eltern drohen oder einen Anwalt einschalten.« Dommel dachte nach, sie holte beim Personalrat Hilfe und Tipps, damit sie professionell vorginge. Sie fuhr am Nachmittag ins Schulamt Stuttgart, wo der örtliche Personalrat für Lehrkräfte allwöchentlich eine Sprechstunde abhielt. Sie erschien unangemeldet, trotzdem freute sich die Dame, sie hieß Pauline Rossmann, denn so alleine im Riesenzimmer spürte sie mehr Unbehagen als Freude. Ein massiver Eichenschrank, der den Namen nicht verdiente, da er wegen Überfüllung zu bersten drohte, ein Telefon mit

Schnuranschluss und Tasten, das die Telekom dort vor 25 Jahren installiert hatte und vergaß, auszutauschen und mit einer gefühlt fünf Zentimeter dicken Staubschicht bedeckte Gardinen prägten die Atmosphäre des Raumes. Hinter einem zwei Quadratmeter großen Tisch aus kanadischer Kirsche saß die etwa fünfzig Jahre alte Lehrerin. Stützte sie ihre Ellbogen auf dem Tisch auf, wabbelte ihr Dekolletee über die Tischplatte, auf der weder ein PC noch sonst ein elektronisches Schreibgerät zu finden war. Die Luft stand. Man konnte sie mit den Fingern greifen. Seit Jahren hatte niemand ein Fenster geöffnet. Der PVC-Boden, dessen Risse mit Paketklebeband geflickt unübersehbar charmant eine schwäbische Gesinnung offenbarten, zeigte Putzspuren und roch nach Kernseife, die mit dem Kaffeegeruch um die olfaktorische Vorherrschaft konkurrierte. Nass aufgewischt, ohne vorher gründlich gefegt worden zu sein. Die Gardinen waren laut- und luftundurchlässig, man vermutete, dass selbst eine Gewehrkugel darin hängen bleiben würde. Der Dreck der Fenster verhinderte einen nachhaltigen Lichteinfall. Auch in Sommertagen schalteten die Leute, die dort Dienst taten, spätestens um 15 Uhr das Licht ein. Eigentlich dürften nur Nicht-Allergiker in dem Raum weilen. Alle anderen benötigten eine Cortisonreserve, um im Falle des Allergie-schocks darauf zugreifen zu können. Frau Rossmann knipste den Knopf der Krupps-Kaffeemaschine, Baujahr 1993, an. Die blubbernden, grunzenden Geräusche verrieten, dass die letzte Entkalkung länger zurücklag als die generelle TÜV-Frist für Autos andauerte. Der Dreck der Fenster verhinderte einen nachhaltigen Lichteinfall. Ein Zimmer, das die Wertschätzung, die dem Personalrat seitens der Schulbehörde entgegengebracht wurde, symbolisch ausdrückte. Man konnte der Amtsleitung nur zu dem Raum gratulieren, garantierte er die Verschwiegenheit und Diskretion des Personalrates auf Grund seines Zustandes. Der langweilige Nachmittag verlangte dringend eine Abwechslung. Die kam in Gestalt Katharina Dommels gerade recht.

Als diese die Klinke drückte, die Türe vorsichtig nach innen öffnete, wirbelte sie im wahrsten Sinne des Wortes Staub auf. Ihr Blick suchte sekundenlang vergebens nach einer menschlichen Gestalt. Erst die Aufforderung, das Zimmer zu betreten, verlieh der Lehrerin in der Zwickmühle eine Sicherheit, die ihr vor wenigen Tagen komplett abhanden gekommen war.

»Mein Name ist Pauline Rossmann. Ich bin Lehrerin an der Stauffenberg-Realschule in Stuttgart-Möhringen. Und ansonsten engagierte Personalrätin. Was kann ich für Sie tun?«, eröffnete die resolute Gewerkschafterin das Gespräch mit der jungen und unsicheren Kollegin.

»Ach, bevor ich es vergesse: Wollen Sie eine Tasse Kaffee?«, schob die Hausherrin nach.

»Ja, gerne«, antwortete Dommel sichtlich dankbar und erleichtert, »ich habe heute nichts zu Mittag gegessen, dann muntert ein Kaffee vielleicht ein wenig auf.«

Die Atmosphäre lockerte auf, die unerfahrene, ratsuchen-de Dommel entspannte ihre Muskulatur, obwohl das Ambiente eher die Stimmung einer Abstellkammer aus-strahlte.

Rossmann zückte einen Stift, blätterte eine beschriebene Papierseite ihres Schreibblocks um und konzentrierte sich auf das, was Dommel ihr berichtete.

»Ich habe mich noch gar nicht vorgestellt: Ich heiße Katharina Dommel und arbeite an der Zauberberg-Realschule in Wildberg.«

»Dann ist Herr Scholter Ihr Schulleiter?«, fiel Rossmann ihr ins Wort.

»Ja, aber was spielt diese Tatsache für eine Rolle?«

»Scholter war einer meiner Mentoren in meinem Referendariat. Ich kenne ihn sehr gut. Wir halten immer noch engen Kontakt«, verriet die Personalrätin und verunsicherte Katharina Dommel mehr als zuvor.

Sie grübelte, ob es besser wäre, wieder zu gehen. Denn da Scholter in ihrer Angelegenheit den Gegenpart einnahm, könnte Rossmann ihn entweder warnen oder sie falsch beraten.

Die zögerliche Sprechweise spürte Rossmann und wollte entwarnen:

»Frau Dommel, damit wir uns richtig verstehen: Ich unterliege der Schweigepflicht. Scholter und ich verstehen uns privat recht gut. Dienstlich haben wir uns oft gefetzt, was an unserem Verhältnis nichts geändert hatte. Aber wenn Sie wollen, vermittle ich Sie an einen anderen Kollegen«, schlug sie vor.

Dommel lehnte höflich ab und fasste neuen Mut: »Also, mein Problem entstand folgendermaßen: Ich bin Klassenlehrerin einer sechsten Klasse. Am Anfang des Schuljahres planten die Schülerinnen und Schüler, deren Eltern und ich einen Landschulheimaufenthalt auf Sylt.«

»Planten heißt was?«, unterbrach Rossmann erneut.

»Lassen Sie mich weiter erzählen: Alles lief wie am Schnürchen. Wenige Tage vor der Abreise bekamen wir einen neuen Mitschüler, der offenbar unter schwierigen Bedingungen aufwächst. Die Mutter konnte das Geld erst mit meiner Hilfe und der Unterstützung der Schulsozialarbeiterin wenige Tage vorher überweisen. Was ich kaum abschätzte: Der neue Schüler wurde von einigen der Klasse gemobbt und ausgegrenzt.«

»Wie sahen Mobbing und Ausgrenzung aus?«, hakte die Personalrätin nach.

»Niemand wollte zunächst Markus, so heißt er, auf dem Zimmer dabei haben. Er wurde von vielen „Mobbel" gerufen, weil er pummelig aussieht. Und auf der Fahrt steckten zwei Mitschüler Müll in seine Taschen.«

»Oh, lecker. Wie ging die Story weiter?«

»Nun, wir kamen erschöpft auf Sylt in der Nacht an. Markus fragte, in welchem Zimmer er unterkäme. Ich wusste keinen Rat. Ausgerechnet die beiden, die ihm den Müll verabreicht hatten, erklärten ihre Bereitschaft, Markus aufzunehmen. Die drei hatten versprochen, einander in Ruhe zu lassen, was sie ganz gewiss nicht getan haben.«

Pauline Rossmann holte tief Luft. Als erfahrene Lehrerin und Personalrätin benötigte sie keine Fortsetzung, sie ahnte schon, was kommen würde. Sie vermutete eine Aufsichtspflichtverletzung, und ehrlich gesagt, stellte sich Katharina Dommel naiv und doof an. Wenn sie gewusst hatte, wie die Stimmung zwischen den Beteiligten geknistert hatte, musste man schon sehr blind gewesen sein, um zu meinen, dass nichts passieren würde. Pauline Rossmann blickte ihre Gegenüber eindringlich an.

Dommel sprach verunsichert weiter:

»Ein lautes Gebrüll ließ mich im Zimmer der betreffenden Jungs nachschauen. Einer, nicht Markus, lag schmerzgekrümmt am Boden. Der dritte berichtete, wie Markus sie zugerichtet hatte. Er hatte ein blaues Auge.«

»Und Markus?«

»Der packte die Sachen und machte die Mücke«, resümierte Dommel leise.

»Was haben Sie veranlasst?«

»Nichts, denn ich unterstellte Markus eine ernsthafte Rückkehrbereitschaft. Diese hatte er indes nicht, er irrte auf der Insel herum.«

»Und die Eltern?«

»Die Mutter schaltete die Polizei ein. Scholter zog mich ab, weil ich offenbar versagte und krank wurde, und schickte eine Kollegin nach.«

»Wann tauchte Markus wieder auf?«

»Wie die Kollegen berichteten, nach drei Tagen. Ein Tankwart erfuhr, dass Markus bei einem Fischer angeheuert hatte. Dort holten ihn der Polizist und die Mutter von Markus ab.«

Pauline Rossmann rang mit sich. Diese unglaubliche Geschichte einer Lehrerin, die an allen Ecken und Enden versagt hatte und jetzt verlangte, dass sie helfe, den Karren aus dem Dreck zu ziehen. Sie brauchte sehr viel Kraft, um die Contenance zu wahren und die Ratsuchende kollegial zu behandeln.

»Worin besteht Ihr Anliegen?«, forderte die Personalrätin Dommel auf, das Problem auf den Punkt zu bringen.

»Nun, Scholter erhielt eine Salve Briefe von den Eltern des hauptsächlich verletzten Jungen und diese verlangen Schmerzensgeld.«

»Dann entwickelte die Geschichte eine rasante Eigendynamik. Ich nehme an, Scholter steht nicht zwingend auf Ihrer Seite«, fragte Rossmann rhetorisch.

»Sie kennen ihn doch gut, dann wissen Sie, wie er reagiert«, konterte Dommel frech. Sie merkte von alleine, wie zurückhaltend, geradezu gedämpft, die Personalrätin reagierte.

»Ich überlege eine Argumentation, wie ich Sie aus der Patsche hole. Für Sie spricht die Zusage der zwei angeblichen Opfer, für Sie spricht die nächtliche Zeit, als Sie schon schliefen und der Situation vertrauen durften. Dann war das aber schon alles. Überlegen Sie, ob ein Anwalt, den die Gewerkschaft übernimmt, die bessere Alternative wäre.«

Letzterer Satz wirkte, als ob Rossmann eine lästige Kollegin einfach nur abzuschieben versuchte. Katharina Dommel dankte für den offenen Rat, nahm den letzten Schluck kalten Kaffee aus der Tasse und ging.

Als die Tür zu war, schüttelte Rossmann den Kopf über die junge Dame, die gravierende Fehler begangen hatte und offensichtlich verdrängen wollte. Eigentlich eine ungeeignete Pädagogin in den Augen der erfahrenen Realschullehrerin.

Am folgenden Morgen vor Unterrichtsbeginn traf die junge Lehrerin ein weiterer Schlag unter die Gürtellinie. Scholter mahnte in sämtlichen Klassen die Pflegschaftssitzungen an. Diesmal griff sie zu einer vermeintlichen Raffinesse und meinte gegenüber dem Schulleiter, sie hätte die Sitzung schon unmittelbar vor dem Aufenthalt auf Sylt abgehalten.

Das stimmte faktisch und Scholter war sauer. Seine Halsader quoll auf Fingerdicke, er durchschaute das Motiv Dommels im Handumdrehen, unterbreitete einen souveränen Vorschlag: »Wenn Ihnen die Pflegschaft zu lästig ist oder zu viel Arbeit macht, halte ich Sie ab.« In der Alltagswelt oder im privaten Leben bedeutete ein solcher Vorschlag die größte Hilfsbereitschaft, wenn jemand die Arbeit einem anderen abnahm. Nicht jedoch in diesem Kontext. Eine versteckte Drohung, die offen wirkte, aber nur bei denen, die sie verstanden.

»Gut, wenn Sie meinen, dass ich die falsche Person für die Pflegschaftssitzung bin, dann bitte ich, dass Sie den Elternabend leiten«, reagierte Dommel beleidigt und kindisch.

»Frau Dommel, Sie verstehen mich offensichtlich falsch. Überlegen Sie bitte, ob es Ihnen möglich ist, die Veranstaltung einzuberufen.«

Endlich dämmerte der unerfahrenen Pädagogin, wie folgenschwer eine Weigerung wirken würde. Rektor Scholter baute eine Brücke und Dommel humpelte gerade noch so drüber.

Aber sie machte die Rechnung ohne den Wirt, denn das Verhalten der jungen Kollegin erweckte im Schulleiter ein

Misstrauen, das ihm signalisierte, dass er besser bei der Sitzung in Dommels Klasse dabei wäre.

Diese dachte nicht darüber nach und erschrak, als zwei Wochen später in der Klassenpflegschaftssitzung Rektor Scholter auftauchte und die Leitung an sich riss. Das dominante Vorgehen demonstrierte den anwesenden Eltern die derzeitige Beziehung zwischen Scholter und Frau Dommel und sie wagten aus diesem Grunde, offener ihre Meinung kundzutun. Genau, was der Schulleiter beabsichtigte. Dezent die einfältige Kollegin einnorden.

Scholter fragte geschickt nach Wünschen, die in der Klassenpflegschaft thematisiert werden sollten. Manfred Schuster, der Vater von René, verstand diese Aufforderung als Einladung, wegen der Verletzungen seines Sohnes vom Leder zu ziehen und Dommel an den Pranger zu stellen.

»Wie kamen Sie dazu, einen brutalen Schläger ins Zimmer meines Sohnes zu lassen?«

Scholter ließ die übertriebene wie polemische Frage gelten und blieb in der Moderatorenrolle.

»Herr Schuster, Ihr Sohn schlug zusammen mit einem anderen Schüler vor, dass Markus, den Sie als brutalen Schläger diffamieren, ins gemeinsame Zimmer kommen sollte, im Übrigen war René an der Eskalation durchaus stark beteiligt. Er duschte Markus kalt ab ohne dessen Einverständnis, zuvor hatte er ihm Müll in die Tasche gesteckt.«

Die anwesenden Eltern nickten betroffen und gaben Schuster zu verstehen, Frau Dommels Meinung zu unterstützen. Trotzdem ließ er nicht locker:

»Mein Sohn litt Höllenqualen, wissen Sie, was es heißt, die Schulter ausgekugelt zu bekommen? Das verursacht irre Schmerzen, daher fordere ich Schmerzensgeld. Und außerdem: Wo waren Sie, als die Bestie auf meinen Sohn losging?«

Diese Frage schnürte Dommel den Hals zu, sie lief rot an, ihr Puls stieg auf 180. Das Herz raste, als ob es ein Formel - 1- Rennen hätte fahren müssen. Diese Anfrage, die keine rhetorische war, traf des Pudels Kern. Das merkwürdige Verhalten Dommels, die unverhoffte Sprachlosigkeit, signalisierte ihre Verwundbarkeit. Sie zog es vor, das Zimmer zu verlassen, die Toilette aufzusuchen und sich frisch zu machen. In der Zwischenzeit erkannte Rektor Scholter die missliche Lage der Kollegin, aber auch seine. Er hatte gegenüber Dommel eine Fürsorgepflicht zu erfüllen, aber auch die Interessen der Schülerinnen und Schüler sowie deren Eltern zu wahren. Er rang nach Worten, hob wiederholt zu einer Ansprache an, fing zweimal neu an. Letztlich meinte er:

»Meine Damen und Herren, auf Sylt ist bestimmt von allen Seiten nicht alles optimal gelaufen. Es hilft wenig, die Schuld an nur einer Person festzumachen. Juristische Auseinandersetzungen verhärten die Fronten und lösen keine Probleme. Lassen Sie uns eine vernünftige Lösung finden, die allen das Gesicht wahrt.«

Die Atmosphäre in dem Raum spannte sich an, alle Augen richteten sich auf Manfred Schuster. Das Kopfschütteln offenbarte einen streitbaren Geist, dem an einer befriedeten Klasse wenig lag. Ihm kam es auf die egozentrischen Interessen seines Sohnes an. Ob die Klasse unter dessen Verhalten gelitten hatte, bedeutete ihm etwa so viel, als ob in Peking ein Fahrrad umfiele. Als Schuster die Blicke der anderen Eltern als Aufforderung interpretierte, dem Vorschlag Scholters zuzustimmen, packte er seine Sachen und meinte:

»Sie hören von meinem Anwalt.« Sagte es und verließ den Raum, den Dommel just wieder betreten wollte.

Er blickte die Lehrerin seines Sohnes wütend an und marschierte schnurstracks zum Ausgang. Damit brüskierte er alle Anwesenden und erschwerte der Klasse wie seinem

Sohn eine gedeihliche Zusammenarbeit zwischen Lehrern, Eltern und Schülern. Das schien dem engstirnigen Vater jedoch gleichgültig zu sein, wusste er, dass er einen wunden Punkt Dommels traf. Es verschaffte dem Lehrerhasser Schuster eine innere Befriedigung, die nicht mal durch eine hundertprozentige Gehaltserhöhung hätte egalisiert werden können.

»Frau Dommel, gut, dass Sie zurückgekehrt sind. Herr Schuster wählte seinen Rückzug. Er will offenbar lieber Ärger.«

So begrüßte Scholter Dommel, die zuvor verzweifelt aus dem Zimmer geflohen war.

Die Mehrheit der Eltern sah in einer juristischen Auseinandersetzung wenig Sinn. Solche Verhaltensweisen, wie sie Markus gezeigt hatte, aber auch Mobbing müssten bearbeitet werden. Das wurde einheitlicher Tenor, an dem die pädagogische Arbeit der Schule und besonders der Klassenlehrerin gemessen würde.

»Herr Scholter, was schlagen Sie vor? Wie soll ich mich verhalten?«, fragte Katharina Dommel ihren Chef.

»Sie machen erst mal nichts, wirklich nichts, verstanden?«, herrschte Scholter die junge Realschullehrerin an. »Ich nehme mit Schuster nochmal Kontakt auf und wirke auf ihn ein, in der Hoffnung, er lässt den Anwalt einen netten Kerl sein und denkt an die Klassensituation. Sein Filius leidet ebenfalls unter der Anspannung.«

Die schroffe Antwort stieß Dommel vor den Kopf und stärkte ihr Misstrauen in den Vorgesetzten, der ihr gegenüber reserviert, negativ eingestimmt wirkte. Das hatte er schon demonstriert, als er sie aus Sylt abkommandiert hatte. Und erneut in dem Gespräch nach der Rückkunft der kompletten Klasse. Wie er den Elternabend prägte, bewies ihr erneut, es wäre besser, sich vor dem Herrn in Acht zu nehmen.

Wem sollte sie sich anvertrauen? Der Personalrat stand auf der anderen Seite, so ihr Gefühl. Die Kollegin, der sie am nächsten stand, riet ihr zum Anwalt. Konsultierte sie den, würden die Kosten von der Gewerkschaft übernommen werden. Sie fühlte, dann auf derselben Stufe zu stehen, auf der Manfred Schuster stand.

Ihre eigenen Eltern hatten ihr geraten, immer alles zu tun, was die Vorgesetzten verlangten. Niemals negativ auffallen, nicht aufmucksen. Diese Haltung erniedrigte sie. Sie weinte. Tränen kullerten über ihre Wangen, kugelrunde, große Tropfen benetzten das ovale Gesicht. Sie trat in die dunkle Abendstimmung, als der Elternabend zu Ende war und

Scholter wie die Eltern nach Hause fuhren und jegliches Einfühlungsvermögen in die Seelenlage der Klassenlehrerin vermissen ließen. Niemand dachte an die Unerfahrenheit der jungen Pädagogin, der Fehler zugestanden werden mussten, wie man sie allen Berufsanfängern gewährte. Alle befanden sich in der gleichen Situation wie Katharina Dommel. Alle begingen Fehler, aber die wenigsten mussten eine juristische Auseinandersetzung durchstehen.

Der Lehrerberuf unterliegt einer ständigen gesellschaftlichen Beobachtung. Alle meinen, wenig qualifizierte Äußerungen über den Job in die Welt blöken zu können, weil sie lediglich neun Schuljahre in der Schule verbracht hatten. Von Lehrern erwartet man Perfektion, zeigen sie Mängel oder Fehler, schlägt man daraus Kapital. Diese Vorgehensweise beruht auf einem gesellschaftlichen Konsens. Lehrer als Sozialingenieure werden als Freiwild behandelt. Das kapierte die junge Kollegin nur noch nicht. Jetzt erhielt sie die erste, wenn auch schmerzliche Lektion in Sachen der Akzeptanz der Lehrerin von der Klassengemeinschaft und von den Eltern.

Sie geriet in Panik. Sie sah vor ihrem geistigen Auge, wie sie im Gerichtssaal von einem Richter Rede und Auskunft stehen müsste, warum sie diese Fehler beginge. Sie ängstigte der Gedanke, ein Leben lang an einen ihrer Schüler Schmerzensgeld bezahlen zu müssen. Widerlich, an jemanden zu löhnen, der selbst an seinen Schmerzen Schuld trug.

Nach etwas mehr als einer Stunde fasste sie Mut, verließ das Schulhaus und fuhr nach Hause. Sie entschied, am anderen Tag zum Arzt zu gehen und um eine Krankschreibung zu bitten. Sie war überfordert und psychisch unfähig, ihren Dienstpflichten nachzukommen.

Sie rief am Morgen um sieben Uhr zwanzig die Sekretärin an; mit Scholter wollte sie nicht sprechen. Natürlich wusste sie, wie die anderen Kollegen über sie lästerten. Das Weichei sei sie, das zu den eigenen Fehlern nicht stehen wolle. Das schien ihr aber im Augenblick egal. Sie musste an sich und ihre Zukunft denken, was die anderen über sie und die Lage dachten, berührte sie nicht.

Der Termin bei ihrem Hausarzt lag am Vormittag um 11 Uhr.

»Was darf ich für Sie tun?«, öffnete Dr. Menger das Arztgespräch.

»Ich werde in der Schule von mehreren Seiten gemobbt, ich beging vielleicht einen Fehler und alle hacken auf mir rum«, antwortete Dommel weinerlich.

Der Doktor bemerkte, wie die Patientin unter ihrer Anspannung litt und schrieb sie sofort für zwei Wochen krank.

»Ich sehe, wie Sie leiden. Momentan sind Sie arbeitsunfähig. Probleme lösen Sie dabei aber keine, Sie brauchen jemanden, der Ihnen die richtigen Tipps und Ratschläge gibt.«

»Die habe ich beim Personalrat gesucht. Die Kollegin klagte mich mehr an als alle anderen. Ich weiß nicht mehr, wohin ich noch gehen soll.«

Doktor Menger spürte ihre Verzweiflung. Medizinisch diagnostizierte er eine larvierte Depression. Psychiatrisch wollte er noch nicht vorgehen, eher psychotherapeutisch.

Diese Vorgehensweise lehnte Dommel ab. Sie wirkte beratungsresistent.

»Dann bleibt nur noch der Advokat, der Sie aus der misslichen Lage rauspaukt. Ich kenne Dr. Phillipp Drexler, einen exzellenten Juristen, der auf Schulangelegenheit spezialisiert ist.«

Der Tipp zauberte ein kurzes Lächeln auf die Lippen der geplagten Lehrerin. Der wirkte besser, als jede Medizin es könnte. Jemand, der auf ihr Thema spezialisiert war, entspannte ihre Nerven und das gesamte Seelenkostüm.

Sie dankte dem Arzt für die Bereitschaft, ihr zuzuhören und kehrte nach Hause zurück. Dort schrieb sie Scholter eine E-Mail, teilte ihm ihre zweiwöchige Krankschreibung mit und kündigte ihm an, das ärztliche Attest auf dem Postweg zu schicken. Das tat sie auch, der nächste Briefkasten stand von ihrer Wohnung, gerade zweihundert Meter entfernt.

Scholter las fünf Minuten später die Mail und antwortete mit einem schlichten »Gute Besserung, Scholter«.

Herzlichkeit drückte man anders aus. Er unterstellte ihr, sie wolle durch ihre Absenz die rechtlichen Bedrohungen einfach nur aussitzen. Dass sie tatsächlich unter den schier unerträglichen Lasten litt, leuchtete ihm nicht ein. Er hängte einen Vertretungsplan aus, natürlich ohne Kommentar, und erntete dafür sehr viel Kritik, die er grinsend auf Dommel ablenkte.

Die Wut auf Dommel erklomm ungeahnte Höhen. »Die Drückebergerin« war noch geschmeichelt. Solidarisches Denken und Handeln besaß im Lehrerzimmer kein Hausrecht. Alle mieden den Kontakt zur kranken Kollegin, es wurde auch keine Genesungskarte ausgefertigt. Mit dem Vertretungsplan verschwand die Kollegin in der hasserfüllten Vergessenheit. Sie vernichtete durch ihre Abwesenheit jegliche Chance auf eine Rehabilitierung im

Kollegenkreis. Die Gründe für das Fernbleiben interessierte niemanden; alle ärgerte nur, dass sie das Pensum Dommels auffangen mussten.

In der Abwesenheit hatte Katharina Dommel die Gelegenheit, Abstand von dem schulischen Ärger zu gewinnen. Sie nutzte die Tage, um endlich die Dinge zu tun, die ihr Spaß bereiteten. Sie trieb Sport, las liegengebliebene Bücher, nahm zu Freundinnen und Freunden Kontakt auf und verbrachte viel Zeit in der Natur – weit weg von Wildberg. Räumliche Entfernung ermöglichte innere Distanz. Sie dachte nach, wie sie weiter vorgehen sollte, auch über den Ratschlag, zu dem empfohlenen Anwalt Kontakt aufzunehmen. Selbstverständlich holte sie dazu das gewerkschaftliche Einverständnis ein. Einen teuren Paragrafenreiter würde sie nur wählen, wenn sie den gesponsert bekäme.

Die Gewerkschaftssekretärin zögerte mit ihrer Zusage der Kostenübernahme. Als Katharina Dommel die Gründe erfragte, warum man erst die Einwilligung der Leitung brauche, druckste die Angestellte der Lehrerorganisation herum.

Nach hartnäckigem Bohren meinte sie: »Dr. Drexlers Honorare liegen im sehr oberen Bereich. Seine Methoden zeigen sich als erfolgreich, er weist eine unglaubliche Erfolgsquote auf. Aber sein Ansehen unter den Anwälten ist nicht sehr gut.«

Diese Begründung kam Dommel fadenscheinig vor. »Mir kann die Reputation des Herrn egal sein, wenn er mir hilft.« Wenn man Teilnehmer dieses Gesprächs gewesen wäre, hätte man den Eindruck gewinnen können, dass die Gewerkschaftssekretärin händeringend nach Ausreden suchte, um die hilfesuchende Lehrerin hängen zu lassen. Sie wirkte beleidigt, weil Dommel einen eigenen Anwalt vorschlug, der exzellente Referenzen nachweisen konnte und den gewerkschaftseigenen Anwalt ignorierte. Die Satzung, so hatte Dommel es in Erfahrung gebracht, gab dem Mitglied die Gelegenheit, einen selbstgewählten Juristen auszusuchen. Diesen Passus las Dommel der pampig gewordenen Angestellten der Gewerkschaft vor, als diese immer noch die Zusage vorenthielt. Mit einem »Na gut, schicken Sie die Rechnung«, beendete sie das Gespräch und vermittelte Katharina Dommel den Eindruck, sie hätte etwas Anrüchiges verlangt. Was im Hintergrund schwelte, lag in der einjährigen Mitgliedschaft Dommels begründet – für die Lehrerorganisation eine sehr kurze Zeit, um teure Rechnungen zu senden – und in der Information durch Frau

Rossmann, die aus ihrem subjektiven Eindruck über Dommel keinen Hehl machte. Die Satzung enthielt eindeutige Aussagen ohne jegliche Interpretationsmöglichkeit. Die Gewerkschaft musste nach dieser einjährigen Anwartschaftsfrist den Anwalt bezahlen. Die Erfolgszahlen des Advokaten deuteten auf eine erfolgversprechende Hilfe hin.

Die Eltern der 6c rannten in der Zwischenzeit Scholter die Türe ein, denn es fielen ihrer Meinung nach zu viele Unterrichtsstunden aus. Und alles, weil Dommel ihrer Auffassung gemäß »blaumachte«, was Scholter im Interesse der Schule schroff zurückwies. Er verwies auf ein ihm vorliegendes Attest. Unausgesprochen stand die Forderung Schusters nach einem überzogenen Schmerzensgeld und angedrohten rechtlichen Auseinandersetzungen im Raum, Scholter versprach, sich um den Herrn zu kümmern – er sei indes noch nicht dazugekommen. »Die Klasse erhält ausreichenden Unterricht, damit am Ende des Schuljahres alle Ziele erreicht werden können. Mehr kann ich dazu Ihnen nicht sagen«, wollte er Mona Ried, Elternvertreterin der 6c, abwimmeln.

Sie hakte nach und wurde sehr direkt: »Herr Scholter, jetzt mal Butter bei den Fischen: Sie wie alle Eltern wissen, was der Schuster gesagt und wie er in der Elternversammlung aufgetreten ist. Dass eine so junge Kollegin wie die Dommel darunter leidet, leuchtet dem Dümmsten ein. Können Sie nicht nochmal mit dem Kerl reden, damit der Ruhe gibt?«

Scholter, der eine gelichtete, aber gestylte Frisur trug, verdrehte die Augen, die im Verhältnis zum gesamten Gesicht überdimensioniert wirkten. Frau Ried erschrak, wollte schon das Weite suchen, wurde von Scholter jedoch zurückgehalten.

»Frau Ried, okay, ich versuche es nochmal. Wenn Schuster bockt, bin auch ich mit meinem Latein am Ende.«

Scholter kannte Schuster vom Tennisclub. Dort duzten sie einander, in der Öffentlichkeit blieben sie beim distanzierten »Sie«. Schuster leistete für die wirtschaftliche Ausstattung des Vereins enorm viel, für den Förderverein der Zauberberg-Realschule spendete er den einen oder anderen vierstelligen Geldbetrag. Er arbeitete als Geschäftsführer eines Betriebes, der verschiedene Klebstoffe produzierte und genoss in Wildberg hohes Ansehen. Aber: Seine Familie und die Interessen der Kinder lagen ihm sehr am Herzen. Er ging über Leichen, wenn er meinte, eines der vier Kinder wäre benachteiligt worden.

Dann erlebte man die andere, hässliche Seite Manfred Schusters.

»Hi Manni, hier ist der Anton«, rief Scholter ihn auf dessen Handy an, bewusst zu einer Zeit, in der Schuster Mithörer im Zimmer hatte.

»Anton, wenn du wegen der Sache mit René anrufst, vergiss es, ich war schon beim Anwalt. Ihr bekommt in den kommenden Tagen Post.«

»Pfeif deinen Kettenhund zurück, was bezweckst du damit?«

»Einen Teufel werde ich tun, hast wohl Angst, Herr Rektor?«

»Denkst du dabei eine Sekunde an René? Meinst du allen Ernstes, dein Winkeladvokat hilft deinem Sohn?«

»Willst du mir drohen?«

»Wer droht hier, Manfred?«

»Diese Jungschnepfe hat zugeschaut, wie die Bestie meinem René die Knochen gebrochen hat. Dafür muss sie Lehrgeld zahlen.«

»Du warst nicht dabei und ich auch nicht, jeder macht mal kleine Fehler, da musst du doch kein Kapital rausschlagen.« In seiner Erregung beging Scholter einen schweren Fehler, den Schuster ausnutzte.

»Du gibst also zu, dass die junge Dame einen Fehler gemacht hat.«

»Nein, aber ich glaube, es ist besser, wenn wir Schluss machen. Überlege es dir gut. Ciao, Manfred!«

Frustriert gab Scholter auf. Alle Versuche, die strittige Angelegenheit zu befrieden, waren gescheitert. Er ahnte, welcher Ärger bevorstand. Am anderen Tag flatterte ein Anwaltsbrief in den Postkasten. Friedrich Cornelius bat lediglich um die Privatanschrift von Katharina Dommel, die Scholter ihm telefonisch mitteilte. Er bat aus Rücksicht vor der Erkrankung der Kollegin um Geduld. Die Belastung Dommels kümmerte den Advokaten nicht, er spannte den Bogen, um bald den Pfeil abzuschießen.

Ein Funke Anstand griff auf Scholter über und er fasste den Entschluss, Katharina Dommel vorzuwarnen.

Sehr geehrte Frau Dommel,

ich hoffe, Sie fühlen sich wieder wohler. Gehen Sie bitte davon aus, dass in den nächsten Tagen ein Anwaltsschreiben eines Herrn Cornelius bei Ihnen eingehen wird. Das ist der Rechtsvertreter der Familie Schuster.

Freundliche Grüße, Scholter.

Diese E-Mail sandte er um 18 Uhr 54 an Dommel. Sie las sie am anderen Tag, nach dem Frühstück um 10 Uhr 23. Es war ein Freitag, sie wertete die Botschaft als Warnung. Aus ihrer Handtasche kramte sie den Notizzettel mit dem Namen Dr. Drexlers hervor. Sie vereinbarte einen Termin für den kommenden Montag um elf Uhr in dessen Büro in Mössingen.

Scholter kapierte endlich die miserable Position der Schule in der Öffentlichkeit. Manfred Schuster pflegte beste Kontakte zur örtlichen Presse. Er unterlag weder einer Verschwiegenheits- noch einer Fürsorgepflicht gegenüber Dommel. Er nutzte die Öffentlichkeit das eine oder andere Mal, um Missstände aufzudecken. Gewaltexzesse gegenüber Schülerinnen und Schülern deutete er gerne als unerträglich. Stimmung machen, egal ob es einen befreundeteen Tennisbruder oder die eigene Verwandt- schaft betraf, war einer seiner Charakterzüge. Von dieser Neigung Schusters wusste Anton Scholter. Er hatte den richtigen Riecher und kontaktierte noch vor Schuster die örtliche Redaktion der Tageszeitung.

»Wenn Manfred Schuster sich bei Ihnen meldet und eine Story, die meine Schule betrifft, Ihnen ans Knie schwätzen will, bitte ich Sie, diese ohne meine Zustimmung nicht zu veröffentlichen. Ansonsten kündige ich Ihnen jetzt schon juristische Konsequenzen an.«

Die Drohung saß, Schuster blitzte noch am gleichen Tag ab.

Der Brief des Anwalts Cornelius trudelte wie angekündigt am Samstag ein. Anwälte wie Behörden wählten den Samstag als Ankunftstag ihrer Schreiben, damit die Empfänger ihren Ärger nicht gleich retour gaben und stattdessen ein verdorbenes Wochenende vor sich hatten.

Katharina Dommel fiel aus allen Wolken.

»Sie haben billigend in Kauf genommen, dass mein Mandant durch den als Ringer ausgebildeten Markus Walter schwer verletzt wurde. Der besagte Walter kugelte René Schuster die rechte Schulter aus und wieder ein. René erlitt unerträgliche Schmerzen, die Sie durch Ihre Aufsichtspflicht-verletzung zu verantworten haben.«

»So ein Schwachsinn«, fluchte Dommel. »Was kann ich für die Schmerzen dieses Arschlochs, wenn er Markus provoziert?«

»Im Auftrag und namens meines Mandanten fordere ich Sie auf, bis in einer Woche nach Zustellung des Briefes 5.000 € Schmerzensgeld zu überweisen. Andernfalls sehen wir uns gezwungen, Klage einzureichen.«

Dommel holte erst mal tief Luft, ließ den Brief auf dem Schreibtisch liegen und begab sich ins Freie. Der Wind wehte die tiefdrückenden Gedanken aus dem Gehirn, so dass sie nach wenigen Augenblicken wieder Mut fasste. In zwei Tagen würde sie einen sehr guten Anwalt treffen, von dem sie einiges erwartete.

Sie überlegte Ablenkungsgmöglichkeiten und traf die spontane Entscheidung, zum EUROPAPARK nach Rust zu fahren. Die Achterbahnen wirbelten sie durch die badische Luft und verwandelten ihre miese Laune beinahe in Euphorie.

Entspannt klingelte sie am Montag um 12.55 Uhr bei Anwalt Dr. Phillipp Drexler. Seine Körpergröße von 1.92 m, die hagere, aber durchtrainierte Figur machten Eindruck auf die ratsuchende Katharina Dommel.

»Was kann ich für Sie tun, Frau Dommel?«, fragte Dr. Drexler höflich in einer angenehmen Stimme mit einem verschmitzten Lächeln. Wortlos legte sie das Schreiben des

Anwalts von René Schuster auf den Tisch, das Drexler genauestens las und sie befragte: »Frau Dommel, das sind schwere Vorwürfe mit arrivierten Forderungen. Wie sehen Sie die Sache? Wie spielte sich der Vorfall aus Ihrer Sicht ab?«

Sie wiederholte die Darstellung, die sie Pauline Rossmann, der Personalrätin beim Schulamt in Stuttgart, gegeben hatte.

Dr. Drexler wäre kein Superanwalt, würde er tiefer gehende Fragen vermeiden. »Wie alt ist Markus Walter?« und »Hat Ihnen jemand eine Arztrechnung mit einer Diagnose vorgelegt oder eine Rechtsgrundlage genannt, auf der die Schmerzens-geldforderung beruht?«

Die Antworten Katharina Dommels verwandelten das stirngerunzelte Gesicht des Advokaten in ein sanftes Lächeln.

»Wenn der Knabe, der den kleinen Schuster vertrimmt hat, schon vierzehn Jahre alt ist, bedeutet das, dass er strafmündig ist. Die Forderung des Vaters des Jungen lehnen wir ab und weisen auf diesen Umstand hin.« Außerdem bemängelte er die fehlende materielle Begründung des Schmerzensgeldanspruchs.

Gesagt, getan. Drexler schrieb einen Antwortbrief des genannten Inhalts an den Kollegen, der aus seiner Sicht klug schaltete und bei der Schule um die Adresse von Markus Walter nachfragte. Bereitwillig rückte die Sekretärin die Anschrift raus in der Hoffnung, die Lehrerschaft käme dadurch aus der Schusslinie.

Kornelia Walter wirkte seit wenigen Tagen bei der Arbeit fahrig und unkonzentriert. Sie machte unerklärliche Fehler am Fließband und erntete böse Blicke ihrer Kollegen. Die Produktion stockte, mehrmals täglich mussten die Maschinen angehalten werden, da sie mit ihrer Aufgabe hinterherhinkte. Der einheitliche Rhythmus ging verloren. Die Belegschaft um Kornelia beschwerte sich bei Herrn Bernmüller, dem gemeinsamen Vorgesetzten der Arbeitsgruppe.

Der bestellte Kornelia in sein Zimmer und konfrontierte die Mitarbeiterin sachlich mit den ihm vorliegenden Beschwerden:

»Frau Walter, mir kam zu Ohren, Sie würden die Arbeit behindern, stimmt das?«

Sie senkte das Haupt nach unten, signalisierte ihrem Chef Schuldbewusstsein.

»Ja, ich kann nur eingeschränkt arbeiten.«

»Wieso?«, wollte Bernmüller wissen.

Frau Walter kramte aus ihrer Hosentasche einen zerknüllten Brief hervor. Sie reichte diesen ihrem Dienstgruppenleiter, der ihn glättete und zu lesen begann.

»Wieso kamen Sie nicht gleich zu mir? Das ist ja furchtbar. Frau Walter, jetzt verstehe ich, warum Sie kaum arbeiten können, ich wäre an Ihrer Stelle dazu auch unfähig. Ich besorge Ihnen einen Anwalt, wenn Sie wollen.«

Sie blickte verwundert wie ungläubig in die Augen Bernmüllers.

»Von was bezahle ich den Advokaten? Wer garantiert, dass ich diese Forderung loswerde?«

»Ich verspreche Ihnen den bestmöglichen Einsatz des Herrn für Sie. Die Kosten können Sie, wenn Sie gewonnen haben, von der Gegenseite erstattet bekommen. Ansonsten beantragen Sie die so genannte `Armenfürsorge`.«

Das klang ermutigend, Frau Walter bedankte sich bei Bernmüller. Sie konnte gleich wieder konzentriert ihrer Arbeit nachgehen und folgte dem Rat des Vorgesetzten.

Der Anwalt Klaus Möller fragte Markus Walter genauestens aus. Insbesondere wollte er erfahren, welche

Vorfälle es gegeben hatte, bevor Markus René Schuster malträtiert hatte. Der Jugendliche druckste erst herum, geriet ins Stottern. Immer ein Anzeichen für schlimme Ereignisse, die einen jungen Menschen belasteten. Möller bestand auf einer Antwort.

»Ja, Andy und René steckten mir auf der Reise Müll in meine Tasche. Im Zimmer duschten sie mich kalt ab. Dann hat es mir gereicht und ich streckte die beiden nieder.«

»Du weißt, dass das besser geregelt hätte werden können. Dafür gibt es Begleitlehrer, denen du melden musst, wenn dich andere mobben.«

Markus verfiel in eine tiefe Nachdenklichkeit. Jetzt sagte der Anwalt auch noch, wie dämlich er sich angestellt hatte. Meyerling und Dommel hatten in ihren Betten gepennt, die würden sauer geworden sein, falls er ihnen hätte mitteilen wollen, wie er behandelt worden war. Was weder Kornelia noch Möller bemerkten: Markus grübelte schon wieder, wie er abhauen könnte, er hatte den Kaffee gründlich auf. Während der Anwalt und die Mutter des Jungen eine Vorgehensweise besprachen, glitt Markus immer mehr geistig ab. Die Klasse konnte ihn kaum leiden, noch Möller der Mutti vernünftig helfen. Der Vierzehnjährige schämte sich, dass er Kornelia derart Probleme bereitete. Das hatte sie wirklich nicht verdient.

Wenn ich verschwinde, hat Mama keine Schwierigkeiten mehr und ich werde in Ruhe gelassen, dachte der mutlose wie verzweifelte Junge. Und er wartete ab, bis Möller die Sitzung beendet hatte. Anschließend packte er Kornelia am Arm, zerrte sie aus der Kanzlei und meinte: »Los, weg hier, lass uns nach Hause gehen.«

Der Sohn klügelte einen raffinierten Plan aus. Gegenüber Kornelia äußerst perfide, wahrscheinlich aus der Not heraus alternativlos. Eigentlich tat sie ihm leid. Er wusste, dass er ihr Schmerzen zufügte. Nur, weil er nicht bereit war, lebenslang die Opferrolle zu spielen. Die alleinerziehende Fabrikarbeiterin verzweifelte an ihrem Jungen. Er war anders und eckte an. Im Kindergarten, in der Grundschule und jetzt in der Realschule.

Kornelia Walter schloss die Wohnungstür auf, Markus trat zuerst ein. Er wusste von der Nachtschichtarbeit seiner Mama und verzog sich in sein Zimmer. Um halb vier waren es noch etwa sechs Stunden bis zum Arbeitsbeginn. Frau Walter nutzte die Zeit, um zu schlafen. Markus schlief natürlich nicht, denn er wirkte aufgekratzt und unruhig. Für ihn stand felsenfest, wenn er sturmfreie Bude hätte, würde

er in Seelenruhe die wenigen Habseligkeiten zusammen-
kratzen und die Mücke machen. Die Lage drückte sein
Gemüt in den Keller, die Widerstandsfähigkeit sank auf den
Nullpunkt. Zuvor schrieb er Kornelia jedoch einen Brief. Er
legte ihr ausführlich dar, warum für ihn die Flucht die einzige
Möglichkeit erschien, sein Leben in den Griff zu bekommen.

Liebe Mama,

wenn du diese Zeilen liest, bin ich schon weg. Bitte suche
nicht nach mir – es wäre zwecklos. Keine Sorge: Ich werde
am Leben bleiben. Die vielen Jahre hier in Deutschland
haben mir gezeigt, dass dieses Land für mich immer fremd
sein wird. Im Kindergarten lehnten mich die anderen ab, weil
ich sie kaum verstanden habe. Selten wurde ich zu
Geburtstagsfeiern eingeladen, ich bekam das Gefühl, ein
unbeliebter Junge zu sein. Du musstest in der Fabrik
schuften, damit wir einigermaßen über die Runden kamen.
Probleme wollte ich dir ersparen, deshalb schwieg ich, als
du nachgefragt hast, wie es mir im Kindergarten erging. Die
ganze Zeit vermisste ich Papa so sehr. Du hast nie von ihm
erzählt, ich traute mich nicht, nach ihm zu fragen. Ich hörte
ein Telefongespräch mit, in dem du einer Freundin berichtet
hast, Papa wäre bei einem Verkehrsunfall umgekommen.

Wahrscheinlich dachtest du, ich käme über den Verlust nicht hinweg. Ich erinnere mich an Spielkameraden in Tschetschenien, mit denen ich prächtig auskam.

In der Schule wurde ich zwei Mal zurückgestellt, ich habe die deutsche Sprache schlecht verstanden und kaum gesprochen. Für die Lehrer in der Hauptschule schien ich zu schlau, sie schickten mich auf die Zauberberg-Realschule, wo ich von Anfang an gemobbt wurde. Gott sei Dank ging ich in den Ringer-Verein. Dort lernte ich, wie man andere besiegen kann. Als Andy und René mich permanent schikanierten, zeigte ich denen die Grenzen auf. Du hast den Ärger an der Backe, den ich verursacht habe. Das tut mir so leid. Ich möchte dir weiteren Zoff ersparen, ich will meinen Kopf frei bekommen von dem Mist, der uns die letzten Tage so brutal geschadet hat. Glaube mir, es wird mir gut gehen, hetz die Bullen nicht auf mich, ich werde wieder kommen, wenn es mir besser geht.

Liebe Grüße
Markus.

Er hatte den Brief auf den Schreibtisch gelegt und wartete, bis Kornelia die Wohnung verlassen hatte. Sie vermutete den Buben im Bett, steckte ein belegtes Brötchen in die Handtasche und verließ die gemeinsame Behausung. Dass ihr eine böse Überraschung bevorstünde, ahnte sie zu diesem Zeitpunkt noch nicht.

Offene Rechnungen

Markus ging achtsam und mit einer Kapuze über den Kopf gezogen zur nächsten Bushaltestelle. Niemand durfte ihn sehen oder erkennen. Er plante, mit dem Bus nach Stuttgart zu fahren, von dort weiter Richtung Osteuropa. Deutschland setzte ihm zu, menschlich und klimatisch kam ihm dieses Land kühl vor. Verständnis-und erbarmungslos gegenüber Leuten wie ihm, die Schwierigkeiten mit der Integration zeigten. Und deshalb auf ständige Ablehnung stießen. Nein, hier wollte er weder bleiben noch leben. Das Heimatland der Eltern, das alte Tschetschenien peilte er als Endstation der Fluchtreise an. Ob er jemals dort ankommen würde, stand auf einem anderen Blatt. Es trieb ihn zu den Wurzeln seiner Existenz, ihm kamen oft Erinnerungen an Kinder in den Sinn, die leidenschaftlich gerne mit ihm spielten.

Kornelia kehrte anderntags um viertel vor sieben nach Hause. Völlig erschöpft. Sie dachte, nichts wie ins Bett, doch bevor sie den verdienten Erholungsschlaf suchte, schaute sie in Markus` Zimmer nach, schließlich musste er aufstehen und zur Schule. Sie traf der Schlag, das Bett des Sohnes war leer. Kein Markus, keine Spur von ihm zunächst. Sie knipste Licht an und erkannte auf dem Tisch den Brief ihres

Buben, den sie mit Tränen in den Augen las und dann in einen Weinkrampf ausbrach. Wie ein Boxer, der in der letzten Runde K.O. ging, fühlte sie: »Ich habe endgültig verloren und versagt.« Pflichtschuldig informierte sie um 7 Uhr 25 die Sekretärin der Zauberberg-Realschule, dass Markus spurlos verschwunden wäre. Aber sie bat darum, sie beide in Ruhe zu lassen. Anton Scholter ließ erstmals menschliche Züge erkennen und zeigte Mitgefühl und Verständnis. Er versprach, das Fehlen von Markus zunächst folgenlos zu belassen.

In dem seelischen Ausnahmezustand fühlte Kornelia sich außerstande, ihren Job zu erledigen. Sie besuchte ihren Hausarzt, dem sie ihr Leid klagte und der sie für vier Wochen aus dem Verkehr zog. Bernmüller schluckte trocken, bot Kornelia alle Hilfe der Welt an, die sie benötigte. Sie dankte, wollte indes für ihre Zukunft Klarheit schaffen.

Sie überlegte und kam recht schnell auf den Trichter, wohin Markus wohl unterwegs sein könnte. Er hatte die dauerhafte, widerwärtige Ablehnung in Deutschland beklagt und den Vater und die alte Heimat erwähnt. Man brauchte nur eins und eins zusammenzählen, dann wusste man, was das Ziel der Reise des Teenagers wohl war. Kornelia vermochte nur mit Mühe, sich zurückzuhalten und an Ort und Stelle zu verharren. Markus wünschte, in Ruhe gelassen zu werden und sie meinte, es wäre klüger, seinen Wunsch zu befolgen. Spätestens an der Grenze fände die Flucht ein Ende, so ihre Auffassung, die die Mutter etwas entspannen ließ.

Der Jugendliche saß zu diesem Zeitpunkt im Fernbus nach Warschau. Das gesparte Taschengeld, immerhin einhundertzwei Euro, reichte locker für die neunundzwanzig Steine, die das Ticket ausmachte. Er hatte zuhause fünf Brote geschmiert, um für die lange Reise gewappnet zu sein. Durch das junge Alter fiel der Knabe sofort auf, der Zöllner an der deutsch-polnischen Grenze, die sporadisch kontrolliert wurde, verlangte den Ausweis. Der clevere Junge konnte ihn umgehend dem Beamten aushändigen. Er stand weder auf einer Fahndungs- noch einer Vermissten- liste und durfte daher ungehindert einreisen. Schlau eingefädelt, von Kornelia zu erwarten, dass sie ihn unbehelligt ziehen ließe.

In der Schule erfuhr die Klasse 6c vom überraschenden Verschwinden ihres Mitglieds Markus Walter. René Schuster ballte die Faust und lebte die Freude offen aus, während Andy kapierte, dass die Information einen ernsten Hintergrund hatte. Egal, wie man zu Markus stand: Wenn er meinte, sich vom Acker machen zu müssen, musste er einsam sein.

»Alles nur wegen deiner Scheiße und die deines Alten«, herrschte Andy den Freudentänzer an. »Was würdest du tun, sollte irgendeiner von dir einen Haufen Geld verlangen, nur weil du einmal Mumm gezeigt hast.«

»Spinnst du? Stehst du jetzt auf der Seite vom Mobbel?«, fragte René empört.

»Affe! Ich helfe allen, die Hilfe brauchen.« Das weckte den Rest der Klasse. André begriff, wie dämlich die Schülerinnen und Schüler und auch er sich Markus gegenüber benommen hatten.

»Weißt du, nur weil er dir eine gescheuert hatte, besitzt du kein Recht, von ihm einen Haufen Geld zu verlangen, schließlich hattest du Mobbel kalt abgeduscht!«

»Ihr könnt mich alle mal. Kriecht dem Arschloch in den Hintern, lasst mich aber in Ruhe!« Mit einer derart harschen Gegenwehr hatte René niemals gerechnet. Dessen Verhalten weckte wenig Sympathie bei den Klassen-kameraden. Er fühlte, wie seine Rolle in der Klasse wegbrach. Und konnte auf den Vater offenbar kaum mehr Einfluss nehmen.

@Markus: Hi, wo steckst du? Komm doch zurück. Abhauen bringt Ärger.

Auf die Nachricht Andrés reagierte der plötzlich ihm sympathische, von allen »Mobbel« gerufene Markus null. Wahrscheinlich erreichte ihn die Botschaft verspätet. Andy setzte nach:

@Markus: Egal, wo du steckst, du gehörst hierher. Ciao, Andy.

Das Smartphone war aus. Der flüchtige Teenager saß vor Cottbus im Fernbus, als André ihm die Botschaften sandte. Er wollte für den Rest der Welt unerreichbar bleiben. Mit Wildberg, der Zauberberg-Realschule und allen dazugehörigen Menschen und Problemen drängte es ihn, abzuschließen. Allein der Gedanke an die Klasse, Dommel und Scholter und den aufgeblasenen Schuster ließ ihn frösteln, instinktiv zog er die Jacke zu. Nein, diese Zeit schien vergangen zu sein, ein Comeback schloss er aus. Er passte dort gewiss nicht hin, er suchte nach dem Flecken

Erde, wo man ihn mit allen Stärken und Schwächen akzeptieren würde.

André checkte WHATSAPP: Keine Reaktion seitens Markus, die blauen Haken fehlten. Die Nachricht blieb ungelesen. André brauchte wenig Zeit, um den zutreffenden zu erraten.

Kornelia brachte unheimlich viel Kraft und Geduld auf, um mit der Situation fertig zu werden. Die Ungewissheit zermürbte ihre Nerven. Einerseits schmerzte sie der Verlust ihres einzigen Sohnes, andererseits empfand sie Stolz. Ihr Sohn war auf eigene Faust losgefahren, um einen Ort zu finden, der zu ihm passte. Der Mut, die Entschlusskraft imponierten ihr. Sie kannte seine sportlichen Fähigkeiten als austrainierter Ringer, daher schob sie alle Ängste, dass ihm etwas zustoßen würde, beiseite. Natürlich war sie auch enttäuscht und fürchtete Ärger. Die Geldforderungen, denen sie nachkommen musste. Der Papierkram, der ihre Deutschkenntnisse völlig strapazierte. Ihr blühte ein Gerichtsverfahren, weil Herr Schuster immer hartnäckiger an ihr hing wie eine Klette. Er drangsalierte sie und übersah die wirtschaftlichen Möglichkeiten der alleinstehenden

Mutter, ganz zu schweigen vom Eigenverschulden dessen Sohnes René.

Trotzdem fühlte die stolze Mama den Zeitpunkt, ihren Jungen loszulassen, herankommen. »Eines Tages würde Markus sowieso auf eigenen Füßen stehen, warum erst mit zwanzig?«

An Schulpflicht, Hilflosigkeit und seelische Einsamkeit verschwendete die Mutter nicht den geringsten Gedanken. »Fällt ein Vogel aus dem Nest, muss er fliegen oder er stirbt. Fliegt er freiwillig, weiß er, dass er es kann.«

Mit dieser unterkühlten Lebensphilosophie rechtfertigte Kornelia ihr Nichtstun und die emotionale Distanz, die sie aufbaute. Sie dachte an ihr eigenes Leben, an die Möglichkeiten ohne Bindungen, an einen pubertierenden, lebensuntüchtigen Sohn. Keine Polizeistreife rief an, kein Lehrer beschwerte sich.

Die Arbeit machte ihr bei dieser Aussicht wieder mehr Freude, sie bekam zunehmend Selbstbewusstsein, das ihr im Kampf gegen Widerlinge wie Manfred Schuster bislang abgegangen war.

Es vergingen drei Tage der Abwesenheit, die Schulleitung fragte die Mutter schließlich nach dem Status quo. Während-dessen tuckerte Markus mit einem weiteren

Bus in Richtung Moskau. An die Penne in Wildberg verschwendete er keinen Funken Hirnschmalz. Zwischendurch schaltete er aus Neugier das Smartphone ein, las die Mitteilungen Andrés und antwortete:

@Andy: Danke für die aufmunternden Nachrichten. Ich fahre dorthin, wo ich hingehöre. Ciao, machs gut, Markus.

Darauf reagierte Andy nicht mehr.

Anton Scholter handelte immer nervöser. Er vermied jeglichen Argwohn, er könnte durch sein ungeschicktes Verhalten zum Verschwinden Markus` beigetragen haben. Stattdessen setzte er Kornelia Walter unter Druck:

»Frau Walter, Sie müssen die Behörden einschalten.«

»Herr Rektor, machen Sie mal halblang. Mein Sohn befindet sich aller Wahrscheinlichkeit im osteuropäischen Ausland. Und das ist gut so.«

»Wieso das?«

»Dort, wo er hinfahren will, so vermute ich, wird er akzeptiert, wie er ist, da mobbt ihn niemand, und man versteht ihn und fordert kein Geld, weil er das gemacht hatte, was jeder von uns getan hätte: sich gewehrt.«

Die Replik traf den zappeligen Rektor ins Mark, denn so offen hatte bislang bestenfalls die Ehefrau Kritik an ihm geübt. Aber die Worte führten zu einer gewissen Nachdenklichkeit, die Scholter in fünfundzwanzig Jahren als Lehrer hatte vermissen lassen.

Schuster dagegen zeigte eine bis zur Borniertheit reichende Hartnäckigkeit, denn was er sich einmal vorgenommen hatte, setzte er in die Tat um. Er vergaß zweierlei: zum einen die mangelnde Finanzausstattung Kornelia Walters und zum anderen die Abwesenheit des eigentlichen Angeklagten, Markus Walter. Cornelius riet ihm um des lieben Friedens willen auf einen Klageverzicht. Schuster blieb hart. Es kam zur baldigen mündlichen Verhandlung, zu der Schülerinnen und Schüler der 6c geladen wurden. Ebenso Katharina Dommel, Irene Käfer und Johannes Meyerling. Der Richter Gotthold Martin, ein älterer, besonnener Herr, ließ keine Einflussnahme seitens Schusters zu. Der wollte in Abwesenheit des Beklagten ein Versäumnisurteil. Der Richter wies auf dreierlei hin:

1) Man wisse von der Flucht des Verklagten, es obliege in diesem Falle der Klägerseite die Nachweispflicht der korrekten Klagezustellung an den jungen Walter.

2) Es sei noch nicht gewiss, ob Markus der richtige Adressat der Klage sei.

3) Da René Schuster einen erheblichen Beitrag an der Eskalation der Situation trüge, könne die Forderung allein aus diesem Grund abgewiesen werden.

Die ausführliche Darlegung beeindruckte Schuster immer noch nicht. Sein Verteidiger interpretierte die Lage korrekt und ersuchte um eine Verhandlungspause, um mit dem Mandanten eindringlich zu sprechen. Der Richter entsprach dem Antrag. Friedrich Cornelius klärte Schuster deutlich auf.

»Der Richter sagte diese Sätze ganz bestimmt mit der Absicht, an Sie zu appellieren, die Klage zurückzunehmen, denn es stehen erhebliche Gründe gegen Ihr Begehr.«

»Heißt das, ich muss klein beigeben?«

»Sie werden mit Ihrer Klage scheitern, das bedeutet es. Und ehrlich gesagt: Wenn Sie der Empfehlung nicht folgen, suchen Sie sich bitte einen neuen Anwalt. Bornierte Typen wie Sie, die alleinerziehende Mütter am Existenzminimum verklagen, obwohl man weiß, dass der eigene Filius mitschuldig ist, lasse ich links liegen.«

Manfred Schuster schluckte trocken. Dass sein Anwalt ihm derart den Kopf schrubbte, überraschte den Geschäftsmann. Normalerweise setzte er die Akzente und die Forderungen durch. Moralische Argumente wischte er knurrend als »Weicheigehabe« vom Tisch. Wie stand er da, sollte Cornelius die Robe an den Bügel und damit das Mandat aufhängen?

Schuster ging aufs Ganze: »Cornelius, Sie brauchen das Mandat nicht aufgeben, ich schmeiße Sie raus, ab sofort vertrete ich meine Interessen alleine. Schicken Sie mir Ihre Rechnung und dann noch einen angenehmen Tag.«

Jetzt sperrte der abservierte Anwalt die Gosche weit auf. Eine derart miese Impertinenz begegnete ihm sonst nirgends. »So eine Ratte«, dachte Cornelius, »drückt eine arme Mama, die um das Wohlergehen des Sohnes fürchten muss, an die Wand. Wie erbärmlich!«

»Herr Schuster, jetzt da ich von Ihnen demissioniert wurde, darf ich mir es erlauben: Ich wünsche mir so sehr, dass Sie damit auf die Schnauze fallen. Auf Wiedersehen.«

Schuster betrat alleine den Gerichtssaal. Er teilte den Anwesenden die neue Lage mit und bat um Fortsetzung der Verhandlung, was den Vorsitzenden in eine minutenlange Sprachlosigkeit versetzte. Er rang um Worte und die Fassung.

»Herr Schuster«, brüllte Richter Martin, »um es Ihnen deutlich aufzudröseln: Ihre Chancen, den Prozess zu gewinnen, sehe ich als äußerst gering an.«

»Wollen Sie damit Ihre Befangenheit ausdrücken?«, konterte der Kläger schlagfertig.

»Gut, dann setze ich die Verhandlung fort!« Den Vorwurf ließ Gotthold Martin nicht auf sich sitzen. Er bestellte als erste Katharina Dommel in den Zeugenstand, die sichtlich nervös und stotternd ihre Personalien zu Protokoll gab.

Der Vorsitzende wollte wissen, was sich am besagten Abend oder besser in der Nacht auf Sylt zugetragen hatte. Wahrheitsgemäß erzählte Dommel alles, wie sie es bislang getan hatte. Auch dass sie wenig bis nichts unternommen hatte, Markus Walter aufzufinden, was dessen Mutter ihr erneut vorwarf.

Gotthold Martin wollte genau wissen, ob die Pädagogin vom Mobbing und von den Ringerfähigkeiten gewusst hatte. Ersteres bejahte sie, zweiteres musste sie verneinen. Damit zog sie für den Fall eines möglichen Haftungsprozesses ihren Kopf aus der Schlinge. Die Aussage Dommels änderte indes an Schusters Lage wenig, die Provokation Renés merkte sich Martin.

Als nächster Zeuge saß René Schuster auf dem entsprechenden Stuhl im Angesicht des Richters. Der junge Mann rutschte unruhig hin und her, er wirkte äußerst nervös. Wegen der Minderjährigkeit hatte der Vater des Jungen die Einwilligung der Zeugeneinvernahme erteilt. Der Richter belehrte René in alle Richtungen umfassend und einfühlsam. Er besprach eindringlich die Wahrheitspflicht. Diese gelte auch vor einem Zivilgericht.

»Ja, Andy und ich haben Markus geärgert. Wir lehnten den Neuen ab, er kam am ersten Tag mit Schlabberhosen, alles andere als angesagt. So einer hat in unserer Klasse nichts zu suchen.«

»Wenn jemand in Kleidern rumläuft, die dir missfallen, meinst du, das Recht zu haben, solche Menschen deswegen aus der Klassengemeinschaft zu drängen. Habe ich dich korrekt wiedergegeben?«

»Ja. Das geht doch nicht. Wir sollen in der Schule anständig gekleidet erscheinen.«

»Es ist durchaus lobenswert, wenn ihr auf ordentliche Kleidung Wert legt. Aber ihr dürft deswegen niemanden ärgern.«

»Ein gemeinsamer Style fördert den Klassengeist und die Kids identifizieren sich mit Schule und Klasse.«

Die raffinierte wie zutreffende Argumentation beeindruckte Gotthold Martin, er stimmte René im Bestreben, für ein förderliches Klassenklima einzutreten, durchaus zu.

»Du bist ganz schön klug. Du vergisst aber etwas Entscheidendes: Wenn ein neues Mitglied in die Klasse kommt, das die Kleideregeln noch nicht kennt, dann solltet ihr es höflich auf die Regel hinweisen, aber keineswegs ärgern oder mobben.«

»Die Lehrer stellen Vorschriften auf, sorgen aber nie dafür, dass diese eingehalten werden. Wir dagegen regeln das, wie wir es für richtig halten. Da ändern auch Sie nicht«, antwortete der aufmüpfige Teenager.

»Kommen wir zu deinen Verletzungen: Was passierte in eurem Zimmer?«, wollte Martin zum eigentlichen Thema überleiten.

»Der Mobbel ...«

»Moment, du meinst Markus«, korrigierte der Vorsitzende.

»Meinetwegen. Der Markus warf mich auf den Boden, kugelte mir die Schulter aus. Und wieder ein. Das tat höllisch weh.«

»Und Markus warf dich grundlos auf den Boden?«

»Dazu sage ich erst mal nichts.«

Damit beendete Gotthold Martin die Befragung Renés. Klaus Möller bemerkte, das Schweigen hätte seinen Grund in der Provokation durch die kalte Dusche. Wer brutal vorginge, dürfte über harte Reaktionen keine Klage führen.

Darauf entgegnete Schuster, man müsste bei der Wahl der Mittel vorsichtig vorgehen und nicht gleich die harte Gangart einschlagen. Diese Bemerkung ließ Klaus Möller laut werden:

»Lieber Herr Schuster, jetzt lassen Sie mal die Kirche im Dorf. Es war nach Mitternacht, alle wollten erschöpft ins Bett. Und das traf ebenfalls auf Markus Walter zu. Die ganze Fahrt über war er Anfeindungen und Mobbingattacken zweier Jugendlicher ausgesetzt. Markus hatte den Kaffee auf, wie es so schön heißt. Die beiden Tunichtgute hatten nichts anderes im Sinn, als den jungen Walter weiterhin zu drangsalieren. Sie duschten ihn eiskalt ab. Und Sie erwarten von einem permanent gequälten Jugendlichen eine Mittelabwägung, wie sie im besten Fall ausgeruhte Erwachsene gerade so hinbekommen. Das erscheint mir komplett abwegig und weltfremd.«

»Was regen Sie sich auf?«, provozierte Schuster weiter.

»Ihr Mandant hatte verschwiegen, dass er als ausgebildeter Ringkämpfer den beiden anderen haushoch überlegen war. Er hätte sie vorwarnen können, nein, müssen.«

»Das ist sophistisch«, kommentierte Richter Martin, der das Verbalscharmützel beendete.

»Wollen Sie weitere Zeugen befragt haben oder stellen Sie oder möglicherweise die Beklagtenseite einen Antrag?«

Diese Bemerkung sollte den Parteien signalisieren, wie sinnlos der Vorsitzende das Theater empfand. Möller fragte frech, wie die Einschätzung des Gerichts aussähe.

»Wir können selbstredend alle Zeugen befragen, die benannt wurden. René Schuster trägt eine erhebliche Mitschuld an den eigenen Verletzungen. Wer so impertinent und perfide agiert, wie der Kläger es tat, muss mit jeder Gegenwehr rechnen. Markus Walter wehrte sich angemessen, er stand zwei Gegnern gegenüber. Wegrennen und eine überforderte wie handlungs-scheue Klassenlehrerin wecken, schied als Option aus. Die Verletzungen René Schusters gestalteten sich als beträchtlich, aber nicht lebensbedrohlich. Daher sehe ich für die Klage wenig Aussicht auf Erfolg.«

Markus saß neben einem Piloten im Bus Richtung Moskau. Er berichtete diesem von seinem Vorhaben, nach

Tschetschenien zu reisen, auf den Spuren Homzas, des Vaters, zu wandeln. Er erwähnte die bisherigen Erlebnisse in Deutschland. Vitali Koroschenko, so hieß der Flugkapitän der Aeroflot, hörte aufmerksam zu, schmunzelte über die Zielstrebigkeit und den unbändigen Willen des Gesprächspartners.

@Markus: Morgen findet der Prozess gegen dich statt. René möchte unbedingt die Kohle.

Die Mitteilung kam während der Diskussion mit Koroschenko. Dieser sprach einfühlsam, aber klar die falschen Vorstellungen des Jungen an: »Markus, in deiner ursprünglichen Heimat wirst du nichts mehr finden, was dir je bekannt oder wichtig gewesen ist. Wenn dein Papa gefallen, deine Großeltern gestorben sind, was suchst du dort? In Deutschland gibt es viele nette, freundliche und hilfsbereite Menschen. Gehe zurück, ich helfe dir.«

»Wie?«, machte Markus Nägel mit Köpfen.

»In Moskau begebe ich mich umgehend zum Flughafen. Ich fliege nach Stuttgart. Ich nehme dich auf meine Kosten mit.«

Markus starrte Koroschenko ungläubig an.

»Ja, du kommst mit mir, wir machen das.«

Die beiden stiegen gemeinsam aus dem Bus. Markus wich keinen Zentimeter von der Seite des Piloten. Zwei Stunden danach saß er in der Maschine nach Deutschland.

In Stuttgart angekommen nahm er den Bus in Richtung Königstraße. Er hatte sieben Stunden Zeit, über die Zukunft in Deutschland nachzudenken, er fasste diesmal einen vernünftigen und reifen Plan.

Richter Gotthold Martin wollte gerade die Verhandlung beenden, als wie aus heiterem Himmel eine Person die Tür aufriss und den Saal betrat: Markus Walter.

Kornelia sperrte den Mund auf und schrie: »Markus, wo kommst du her?«

Der überhörte die Worte, marschierte vor den Richtertisch und nahm selbstbewusst Haltung an:

»Herr Richter, egal, was Sie denken oder entschieden haben: Ich komme für das Geld auf. Ich bezahle es.«

»Ich kann gerade mich ernähren, was mutest du mir zu?«, keifte Frau Walter energisch den verlorenen Sohn an.

»Mama, ich sagte doch, ich komme für die Kosten auf. Ich ziehe weg, besuche halbtags die Schule und die andere Hälfte arbeite ich. Du wirst dafür nicht aufkommen müssen.«

Sagte es und dachte an den Fischer auf Sylt, der ihn gerne wieder einstellen würde und bei dem er sich als Mensch gefühlt hatte.

Die Verhandlung wurde geschlossen, René und Manfred Schuster schlichen beschämt und betreten aus dem Saal und waren unsicher, ob sie jetzt Recht gehabt hatten oder nicht.

Epilog

»He, Finn, die Heringe flutschen heute richtig gut ins Netz. Die Beute bringt uns heute einiges an Moneten.«

Markus schwärmte von seiner Arbeit als Fischer, die er zufällig und unfreiwillig vor drei Jahren kennengelernt hatte. Damals weilte er mit seiner Schulklasse auf Sylt. Doch ohne den Schullandheimaufenthalt hätte er den seiner Meinung nach besten Ziehvater der Welt, Finn Jansen, nie an Land gezogen. Die Jansens sind seit drei Jahren die Pflegefamilie für Markus geworden. Mit den beiden Kindern der Eheleute Finn und Ilona Jansen, Hilke und Mareike, versteht er sich ausgezeichnet. Die jüngeren Kids betrachten den fast Volljährigen als großen Bruder.

Zur Mutter Kornelia pflegte er intensiven Kontakt. Das hatte auch an der Tatsache gelegen, dass die Jansens zwar die Fürsorge für Markus übernommen hatten. Die rechtliche Aufsicht hatte Kornelia behalten. Da der Jugendliche aus Tschetschenien seine Schulpflicht auf der Insel Sylt erfüllte, musste Kornelia über alles, was dort geschah, informiert werden.

Kornelia war sehr enttäuscht gewesen, als Markus nach neun Schuljahren mit dem »Hauptschulabschluss« die Schule verlassen hatte. Er ließ die Chance, einen höherwertigen Bildungsgrad zu erwerben, ungenutzt liegen. »Mama, ich will Fischer werden. Da weiß ich am Ende des Tages, was ich geleistet habe.« Jansen stellte Markus nach Ableistung der allgemeinen Schulpflicht als Lehrling ein. Die Berufsschule für Seen-und Flussfischerei besuchte er in Hannover blockweise. Von der Ausbildungsvergütung drückte er monatlich fünfzig Euro an René Schuster ab. Obwohl das Gericht ihn freigesprohen hatte, sah es Markus als seine Pflicht an, den durch ihn angerichteten Schaden wiedergutzumachen. René nahm die Geldzahlung an, ohne mit der Wimper zu zucken. Auf Sylt hatte Markus eine richtige Heimat gefunden und ein neues Leben begonnen. Am dritten „Jubiläumstag" des Verschwindens von Markus auf Sylt schrieb Andy:

@Markus: Na, mein Freund, alles frisch?

@Andy: Mir geht es sehr gut, ich hoffe, dir auch

@Markus: Nein, du fehlst uns. René ist nicht mehr in unserer Klasse, besucht ne andere Penne. Komm doch uns mal besuchen!

An Tschetschenien, seinen toten Papa und die alte Herkunft, hatte er nach dem Gerichtsverfahren keinen Gedanken mehr verschwendet. Er lebte auf Sylt und das wollte er mit ganzem Herzen. Bis zum Ende seiner Tage.

Zeitfracht Medien GmbH
Ferdinand-Jühlke-Straße 7
99095 Erfurt, Deutschland
produktsicherheit@kolibri360.de